一個人的第一次

高木直子◎圖文

常純敏◎譯

第一次，總是小鹿亂撞……

前言

我們平常視為理所當然的事情，
仔細一想，過去也曾經有過，
第一次做那件事的時候呀～
例如寄電子郵件、上網，
雖然現在已經是天經地義的事情，
但回想起來，也是不久以前才剛開始的耶～
第一次用傳真機時，也因為不會傳送而大傷腦筋，
還記得非常擔心沒有傳送出去呢……
年紀更小的時候，也曾經第一次打過電話，
像電視節目那樣，第一次幫媽媽買東西、

第一次一個人搭巴士、第一次喝可樂等等，
如果加上其他小事情，
至今為止的「第一次」真是多不勝數。

雖然有許多太遙遠的事情已經遺忘，但我想自己在那個時候，
應該也是懷抱著各種不同的忐忑與感動，
度過那個「第一次」的經驗吧……

從那些為數眾多的「第一次」裡，
回想、繪製了幾個印象深刻的小故事，
我第一次的時候也是這種感覺耶～
我第一次的情況好像不是這種感覺啊～
希望各位閱讀時也會像這樣回憶自己的第一次。

contents ✦ 目錄

✦ Chapter 1 ✦

✦ Chapter 2 ✦

✦ Chapter 3 ✦

Chapter 1

第一次的麥當勞

1983年
9歲

小學3年級的時候，
我跟姊姊一起去
游泳教室。
每星期五是游泳日
姊
我
♪
裡面放著浮板
轟~~
我家
搭巴士到游泳教室
約15分
游泳俱樂部
課程有一個半小時……
教練
好！一、二~
嘩啦
嘩啦
結束時筋疲力竭。
呼~累死人啦
是啊，回家吧
頭髮濕淋淋地
回家
回程的巴士站牌旁
邊，有一間新開
幕的麥當勞。
麥當勞
新開幕!!
巴士
應該是這附近的
第一間麥當勞。

店裡飄散出來的香味，
對游泳後飢腸轆轆的
我們是一大酷刑……
麥當勞
香~味~四~溢~
吸
吸
吸
咕嚕嚕
好啊~香的味道耶~
可是，當時我們家
規定不能吃速食……
那種垃圾對身體不好，不准吃!!
外食當然要吃
烏龍麵跟中華料理
父
所以我還沒有
吃過麥當勞。
每次只能從
旁邊經過……
轟隆隆隆……
麥當勞
覺得麥當勞就像是
遙不可及的存在。

努力向爸爸央求了好幾次……
爸～～求求你嘛♥
人家好想吃麥當勞～
老爸的回答永遠是「不行不行」。
冬天從游泳教室回家時，天色已經昏暗……
游泳教室
啊……第一顆星星……
沒有吹乾的頭髮「颼～」地冷到了骨子裡。
麥當勞 M
巴士
呼呼……好冷……
巴士怎麼還不來……
那時突然透過玻璃窗看見的麥當勞……
ピュ～～

看起來好溫暖
看起來好好吃
看起來好幸福……
彷彿閃閃發亮……
香噴噴～
真好耶……
颼
心情有點兒像「賣火柴的少女」……

事情發生在當時的某一天……
？
？
來，這張給妳～
唰
這……這是……?!
麥當勞小包薯條試吃券
憑本券換取小包薯條一份
麥當勞
竟然在游泳教室門口拿到薯條的免費試吃券。
游泳教室
歐……歐耶～可以免費吃薯條耶～～
太棒了～
拿到好康的東西了～!!
來，大家都有～
嘩～
嘩～
嘩～
年齡稍長的女生
喏～回家的時候一起去換薯條吧？
姊弟
哇～～!! 去去去～～♥
於是決定跟游泳教室的同學一起去換薯條。

游泳教室結束後，飢腸轆轆的我們立刻前往麥當勞。
麥當勞
麥當勞 M
嘩—嘩
店裡充滿了以前只能在店外乾瞪眼的美妙香味。
歡迎光臨
那個……我要換薯條。
香味四溢
吸 吸 吸 吸
吸~
緊張 緊張
要不要順便來份漢堡或飲料呢？
啊……不，薯條就好……
只拿免費薯條，什麼都不買，會被當作小氣鬼嗎……？
咦
……幼小心靈這麼想

漢堡 ¥200
麥香魚 ¥240
麥當勞薯條
S ¥140
M ¥250
奶昔 ¥200
冷飲 S ¥120 L ¥220 M ¥150
蘋果派 ¥150
吉士漢堡 ¥230
大麥克 ¥370
哇~~有好多東西耶……
請問內用還是外帶？
蘋果派 ¥150
奶昔 ¥200
冷飲 S¥120 L¥220 M¥150
斯麥爾 ¥0
咦……!!那是什麼?!
圓!!
是什麼呢……是叫做「斯麥爾」的果汁嗎……
看起來好像「雪碧」水可是不用錢的話，搞不好是開水哪……
嘀嘀咕咕……
壓根兒沒有想到那是寫著：「微笑免費」
※譯註：日文片假名的smile跟Sprite發音相似。
妳看！
那裡好像有一個房間耶~
啊？

那間店的角落，
有生日派對的專用房間。
妳看！這裡～
嗚哇～
生日派對室
可以在這裡辦生日派對耶～
哇～
生日派對室
歡迎您在麥當勞中心舉辦生日或紀念日的派對。
可以容納15位喔!!
在這種地方過生日，是多麼有錢的人哪……
這樣子？
小少爺
搖晃……
謝謝光臨～
薯條來了喲～♥
耶～♥

接著我們在巴士站
一邊等車，
一邊吃薯條……
麥當勞
巴士
回家方向相同
剛炸好的薯條
香噴噴熱呼呼……
嗚哇～
大口咬
大口咬
試吃一口後……
好好吃～～喔!!
巴士
四個人都因為那份美味
感動不已……

逐漸遠去的麥當勞
不再那麼遙不可及……
忽然升起那種感覺……
轟隆隆……
嚼
嚼
嚼
一下子就吃光的
小包薯條……
可是餘味飄香，
教人捨不得丟掉
空紙袋……
我一直猛嗅紙袋裡面
殘留的香味。
吸~
呼~
吸~
呼~
妳在發什麼神經!!
結束

✦後來的麥當勞✦

升上國中，開始跟同學一起出遊後，速食就變成可以花零用錢輕鬆享用的食物。

驚動萬教的超值全餐登場
新登場
超值全餐
套餐價格
¥390
麥當勞
蝦米?!漢堡、薯條加可樂只要390圓?!
好～便～宜!!

儘管現在也經常會去麥當勞……
跟小時候相比，現在反而便宜那麼多，真是不可思議啊……
雖然是很高興啦……

漢堡 ¥80
吉士漢堡 ¥100
大麥克 ¥250
歡迎光臨～～
……常常會這麼想。

(以前)
漢堡
¥200
(2005年4月現在)
¥80
便宜!!

第一次買的唱片是……
淚水點播
方格子合唱團
CHECKERS
用零用錢買的喲♡
當時10歲

第一次看見的藝人，
是歌手石川瞳小姐。

石川瞳演唱會
小瞳～～
（我家附近結婚會場的開幕紀念演唱會。）
是布丁公主聲音的姊姊耶～♡
NHK播放的人偶劇
跳
跳

Chapter 2

第一次的熬夜

1988年
14歲

小時候如果很晚不睡，
老媽就會這麼說。

一到凌晨12點，
大野狼就會從
深山下來喔~~
吼~
很可怕吧？
要快點睡覺
喲~
咦
?!
週末
旅行者

↓

我家附近有一座小山，
天真的我認定那裡
住著大野狼，
內心怕得要死。

好可怕
喲……
悄悄
爬近

話說回來，
當時我也深信
阿爾卑斯少女「海蒂」
就住在西側的鈴鹿山脈，
世界對我而言是很小的。

＊鈴鹿山脈
綿延在三重縣與
滋賀縣中間的山脈。

↓

因為這樣，年幼的我
再怎麼晚，一定會在
12點以前上床。

妹
怕
怕
啊嗚嗚嗚

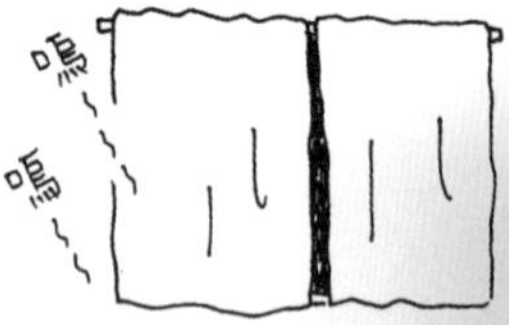
嗚~~
嗚~~

每到晚上，就好像會
聽見大野狼的叫聲。

（汪~汪　現在回想起來，只是
遠方的狗叫吧……？）

時光飛逝，
升上國中以後，
我當然不再相信
大野狼的傳說……
呵呵呵……
鏘
鏘
也可以若無其事地
迎接午夜到來。
不過2點已是
睡魔的極限……
瞌睡~
該上床
了嗎……
呼嚕~~~
事情發生在段考
開始的某一天……
早安~
早安~

我……昨晚都沒有睡呢～
啥～～?!
熬夜唸書嗎?
妳想想看，要是一睡著，好不容易背起來的東西不就忘記了？
所以就白天睡覺，晚上唸書囉～
喔～
原來如此……
還可以吃吃宵夜，熬夜也挺快樂的嘛～
熬夜呀……我今晚也來試看看吧……
而且聽起來又很帥氣～
如此這般決定熬夜後，我一回家就先睡大頭覺。
呼～～
接著到了晚上，終於開始熬夜大作戰。
好！開始熬夜囉!!
媽媽先去睡啦～
晚安～

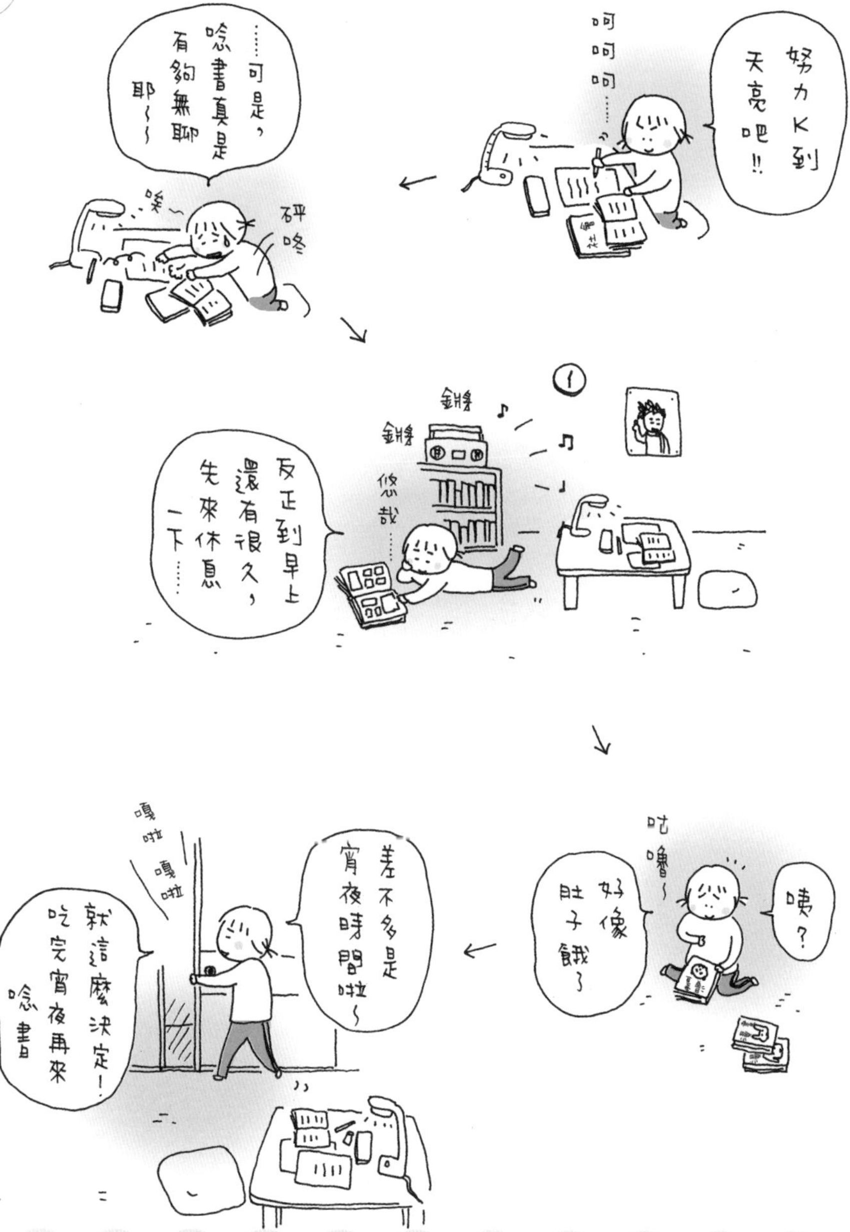

呵呵呵……
努力K到天亮吧!!
唉~
砰咚
……可是，唸書真是有夠無聊耶~~
鏘鏘
鏘鏘
悠哉……
反正到早上還有很久，先來休息一下……
咕嚕~
咦？
好像肚子餓了
嘎啦嘎啦
差不多是宵夜時間啦~
就這麼決定！吃完宵夜再來唸書

啊

附近鄰居家的燈都關了……
大家都睡了嗎……

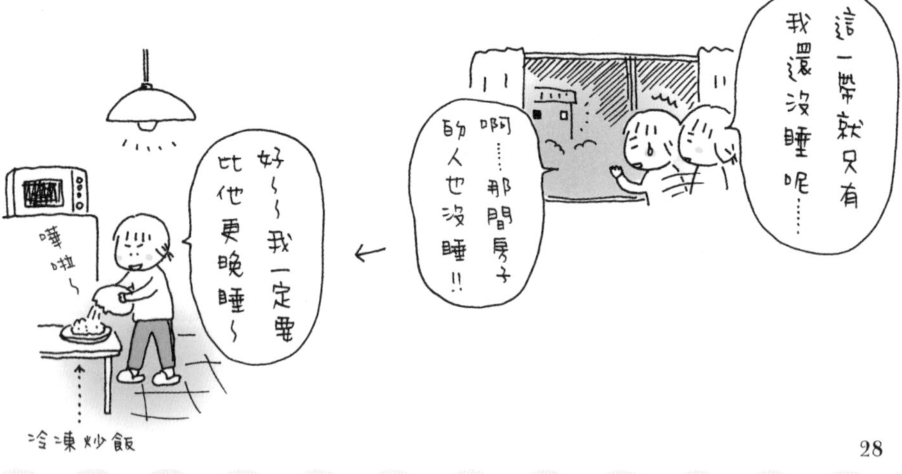
這一帶就只有我還沒睡呢……
啊……那間房子的人也沒睡!!
好~~我一定要比他更晚睡~
嘩啦~
冷凍炒飯

現在買正是時候～
大口 大口
好吃耶～♡
JOAR-TV
喀嚓
本日節目到此結束……
喔喲？
睡前請記得關閉瓦斯與門戶……
晚安
恰啦啦啦啦啦～
這……這就是電視的尾聲……？
第一次看見這種玩意兒!!
沙～～
太有趣了!! 還有其他快結束的電視台嗎～？
喔！35台也快要完了～～～
JONX-TV
JONX-TV
如此這般，我親眼目睹了各家電視台的尾聲……

唉～好像休息太久了……差不多該唸書啦……
咚
咚
啊!!剛才那家的燈也關了!!
歐耶!我贏了♪
靜～悄～悄～
……可是，一想到只有自己醒著，突然覺得好寂寞呢……
因為害怕，所以開著收音機
鏘鏘
鏘鏘
嘀咕嘀咕嘀咕
社會
不行了～～完全背不起來～
砰咚
鏘鏘
鏘鏘

小鳥們……倒叫得挺起勁嘛……
啾
啾
啾
鏘鏘
鏘鏘
咦
唰
啊~~!!
天快亮了~~!!
好神奇~~
頭一次看到這種景象呢……
早晨每天都是這樣來臨的呀……
啾……
啾……

呆~
好漂亮耶~~
哇……哇咧……？
茫~~
好像有點想睡覺……
不行！不行！根本都沒唸到書……
不努力不行……
啊……不行了……
頭昏眼花
還是很想睡……
瞇一下就好……先睡個1小時吧……
喃喃自語

如此這般，
結果昏睡到最後
一刻……
哇啊啊～
不趕快去
學校不行～
哇咧～
根本還沒
背完～!!
嗒
嗒
嗒
怎麼辦……
完全不會寫……
段考成績當然
慘不忍睹……
但我還是跟同學……
我昨天也
熬夜囉～
真的呀
……小小吹噓了一下哩。
結束

後來的熬夜

對於現在的我而言，熬夜已經不是什麼稀奇的事了。

AM 3:00
晚上工作好像比較能夠專心呢～
夜貓子

可是清晨上床，睡到中午左右時，每當接到客戶的電話，就會非常驚慌失措。

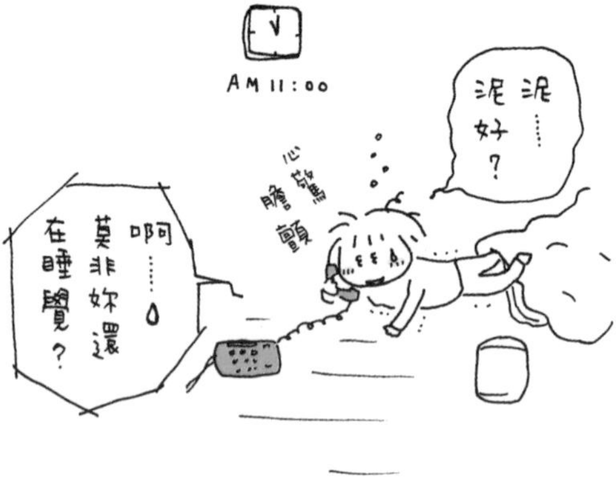
AM 11:00
泥……泥好？
心驚膽顫
啊……莫非妳還在睡覺？

而且不知道為什麼，絕對會被對方發現……

第一次看見浴廁合一的浴室，內心極度震撼。

全家一起去看「筑波萬國博覽會」時住的商務旅館
鏘鏘鏘~
為……為什麼浴室會跟廁所在一起？
當時11歲
呃……
父
為什麼？
嗚咽
嗚咽
人家不要這種浴室啦~~
弟

那間旅館的早餐，
也是我第一次吃自助餐。
蝦米～～～?!
可以吃到滿意為止嗎?!
好棒耶!!
滿～桌～好～料～
我還偷偷用餐巾夾帶麵包出去……
對不起啦……

Chapter 3 ✦ 第一次的情人節

1981年
7歲

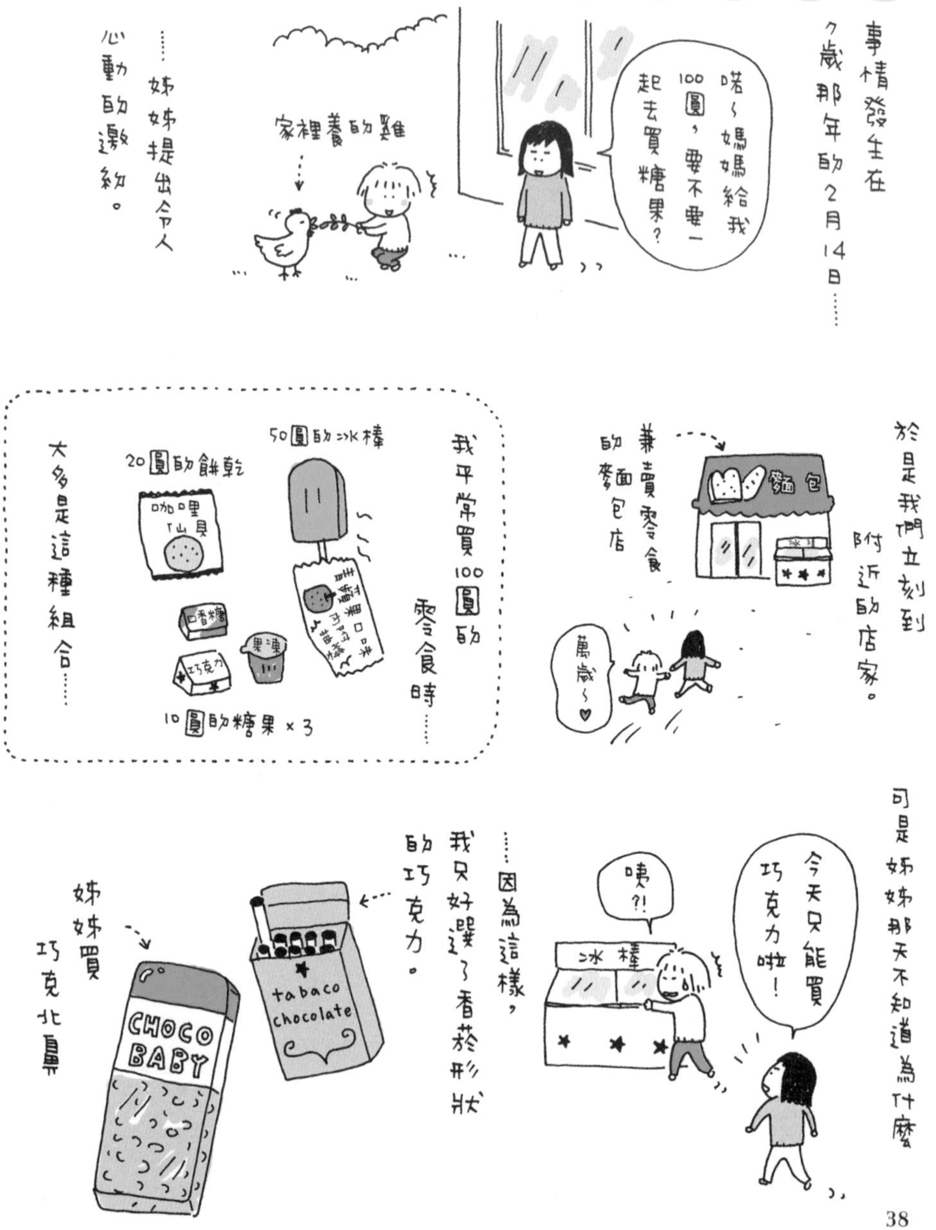
事情發生在7歲那年的2月14日……
喏～媽媽給我100圓，要不要一起去買糖果？
家裡養的雞
……妹妹提出令人心動的邀約。
於是我們立刻到附近的店家。
兼賣零食的麵包店
麵包
冰棒
萬歲～♥
我平常買100圓的零食時……
50圓的冰棒
20圓的餅乾
咖哩仙貝
口香糖
果凍
巧克力
10圓的糖果×3
大多是這種組合……
可是妹妹那天不知道為什麼
今天只能買巧克力啦！
咦?!
冰棒
……因為這樣，我只好選了香菸形狀的巧克力。
tabaco chocolate
妹妹買巧克北鼻
CHOCO BABY

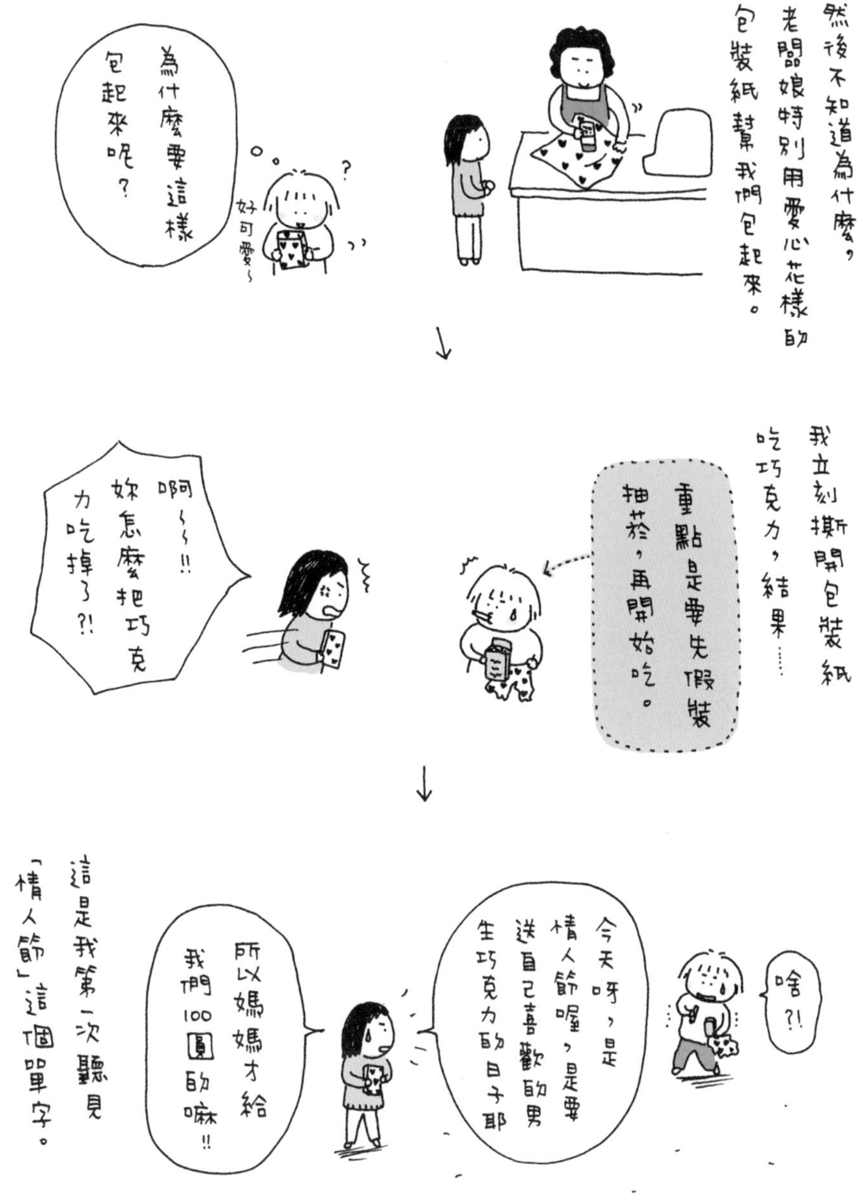
然後不知道為什麼，老闆娘特別用愛心花樣的包裝紙幫我們包起來。
為什麼要這樣包起來呢？
好可愛~
我立刻撕開包裝紙吃巧克力，結果……
重點是要先假裝抽菸，再開始吃。
啊~~!! 妳怎麼把巧克力吃掉了?!
啥?!
今天呀，是情人節喔，是要送自己喜歡的男生巧克力的日子耶
所以媽媽才給我們100圓的嘛!!
這是我第一次聽見「情人節」這個單字。

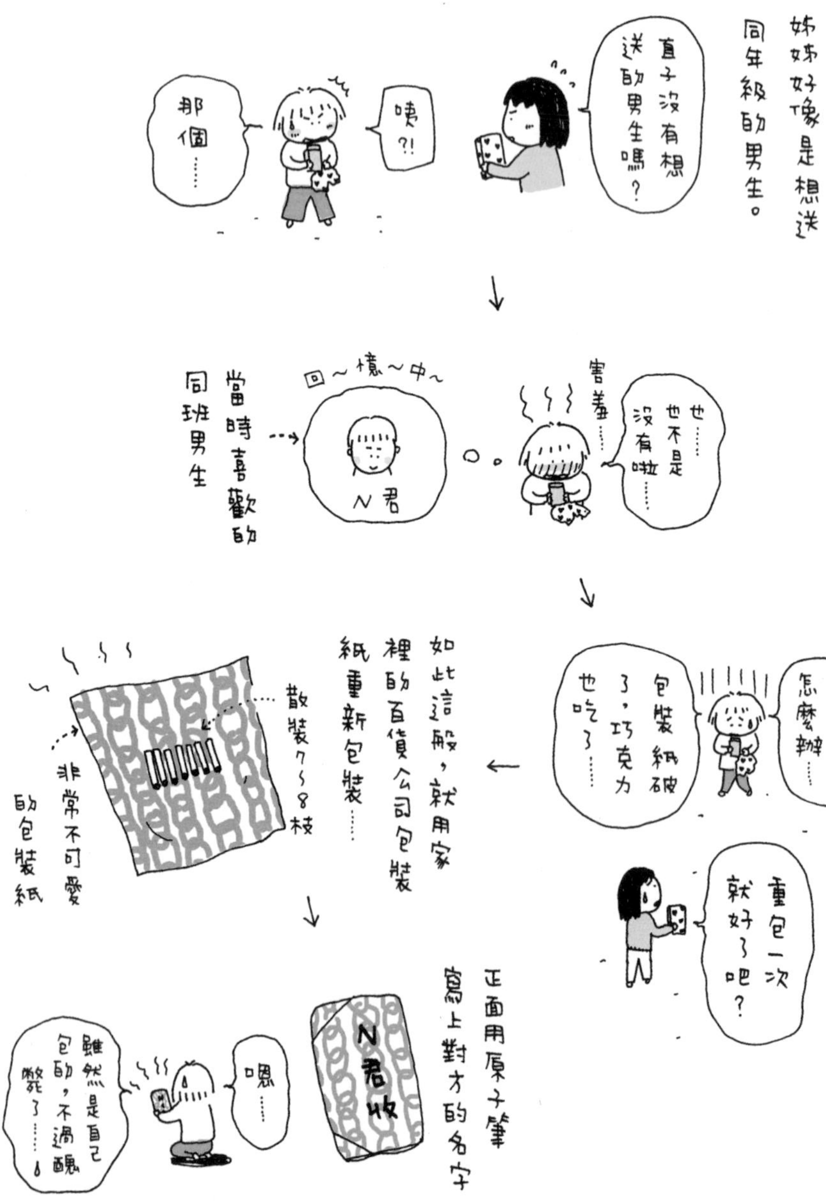

姊姊好像是想送同年級的男生。
直子沒有想送的男生嗎？
咦?!
那個……
害羞……
也……也不是沒有啦……
回～憶～中～
N君
當時喜歡的同班男生
可是怎麼辦……
包裝紙破了，巧克力也吃了……
重包一次就好了吧？
如此這般，就用家裡的百貨公司包裝紙重新包裝……
散裝7～8枝
非常不可愛的包裝紙
正面用原子筆寫上對方的名字
N君收
嗯……
雖然是自己包的，不過醜斃了……。

接著先陪妹妹
去送巧克力。
啊……
就是那一間……
妹妹偷偷摸摸地
把巧克力放進那間
男子的信箱……
鬼鬼
祟祟
緊張
緊張
以跑百米的
速度衝回來。
衝
衝
衝
放進去
了～!!
安心……

接下來就換直子上場囉～
嗯嗯……
唉～
只不過是把巧克力放進信箱，卻教人緊張不已。
這間嗎？
嗯
東張西望
可疑人物
因為不曉得會不會突然有人從房子裡出來，附近也都是同學的家……
喔喔，神哪……
抖
抖
抖
千萬別讓任何人看見呀……!!

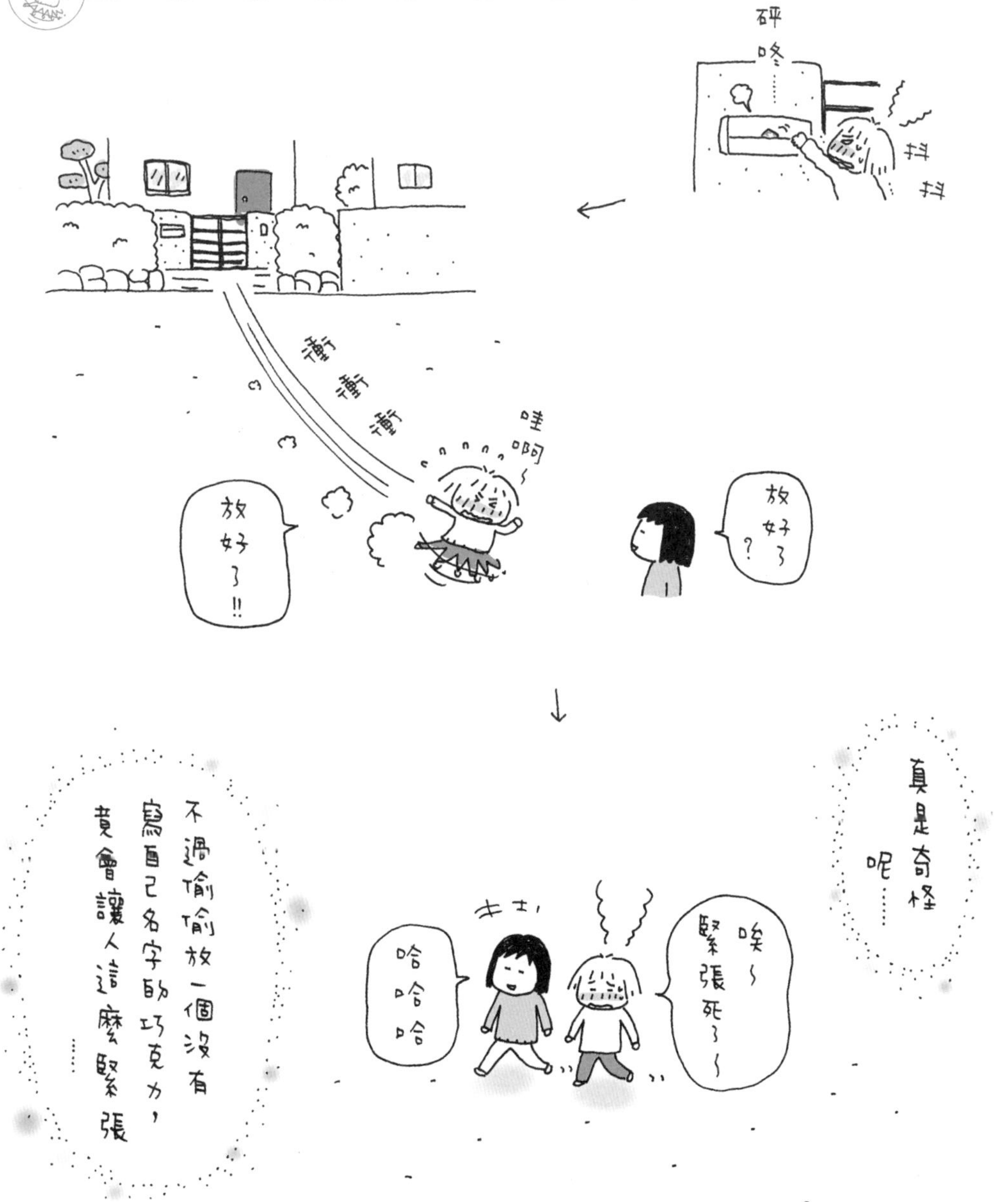
砰咚……
抖抖
衝衝衝
哇啊~
放好了!!
放好了?
不過偷偷放一個沒有寫自己名字的巧克力，竟會讓人這麼緊張……
唉~緊張死了~~
哈哈哈
真是奇怪呢……

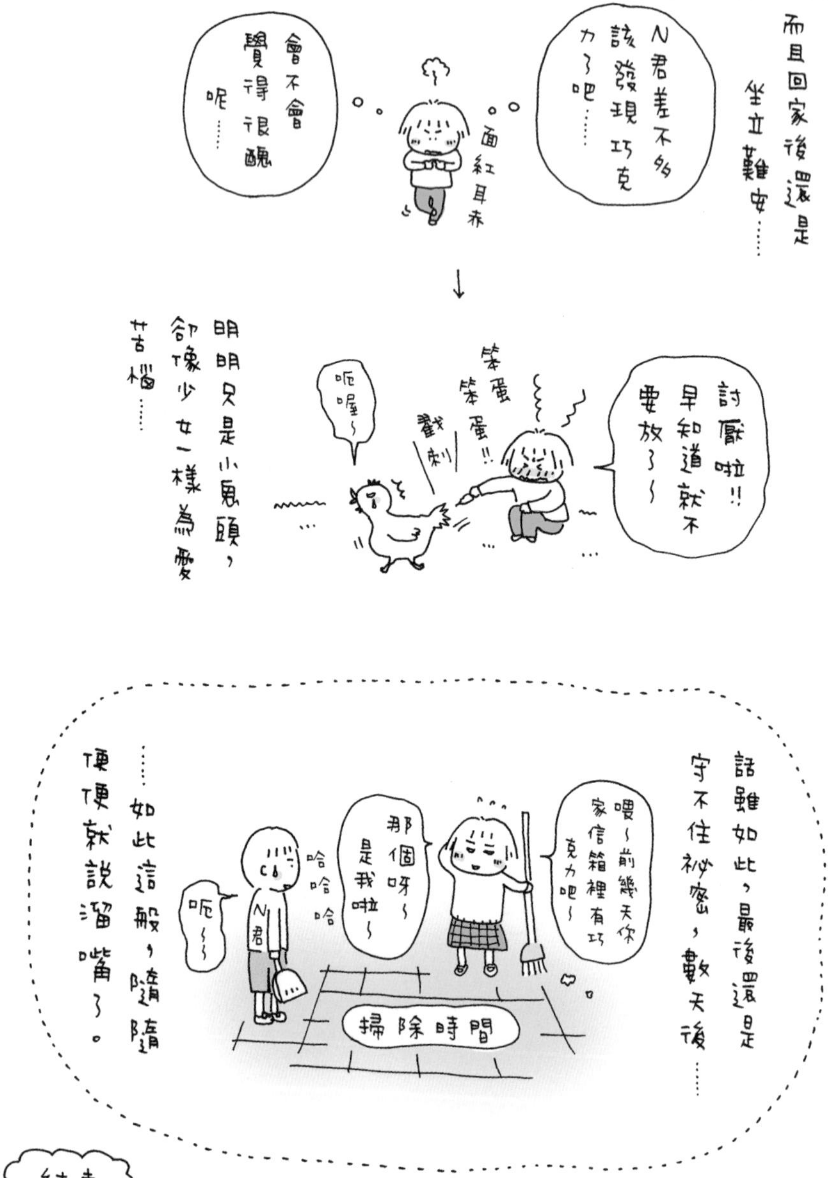
而且回家後還是坐立難安……
N君差不多該發現巧克力了吧……
面紅耳赤
會不會覺得很醜呢……
討厭啦!! 早知道就不要放了~
笨蛋笨蛋!!
戳刺
呃喔~
明明只是小鬼頭，卻像少女一樣為愛苦惱……
話雖如此，最後還是守不住祕密，數天後……
喂~前幾天你家信箱裡有巧克力吧~
那個呀~是我啦~
哈哈哈
呃~~
N君
掃除時間
……如此這般，隨隨便便就說溜嘴了。
結束

後來的情人節

經歷7歲那次有一點兒早熟的情人節，後來我不知為何跟情人節都沒什麼緣分……

我也有點憧憬這種的，但至今未曾體驗過。

到現在最小鹿亂撞的情人節

總覺得還是7歲那年的情人節。

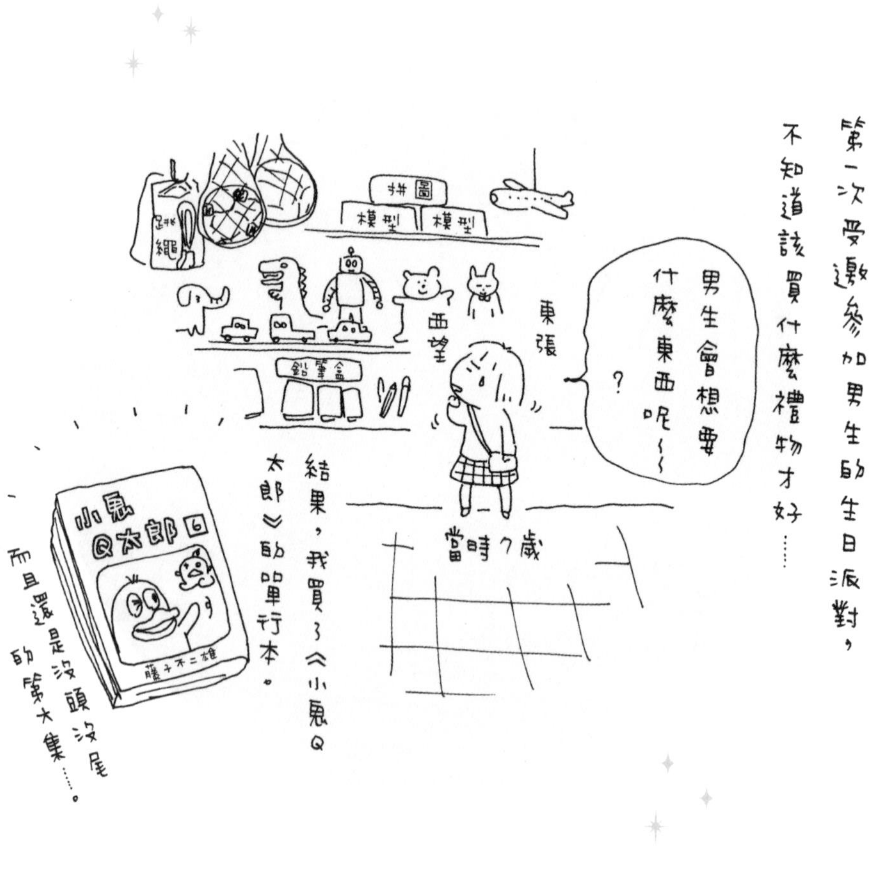
第一次受邀參加男生的生日派對，
不知道該買什麼禮物才好……
男生會想要什麼東西呢～～？
東張
西望
拼圖
模型
模型
跳繩
鉛筆盒
當時7歲
結果，我買了《小鬼Q太郎》的單行本。
小鬼Q太郎 6
藤子不二雄
而且還是沒頭沒尾的第六集……。

Chapter 4

第一次的迴轉壽司

1987年
13歲

小學5年級的時候，
我們鎮上開了第一間
迴轉壽司店。
壽司
開張大吉
我從小就很愛吃壽司，
不過我家所說的「壽司」，
都是老爸用來下酒，
在超市買的那種……
大多是
鮪魚細卷
好棒～～♥
壽司耶
壽司耶～
我也沒有特別在意
那間迴轉壽司……
早安～
5－2
早安～
日子就這樣繼續流逝。

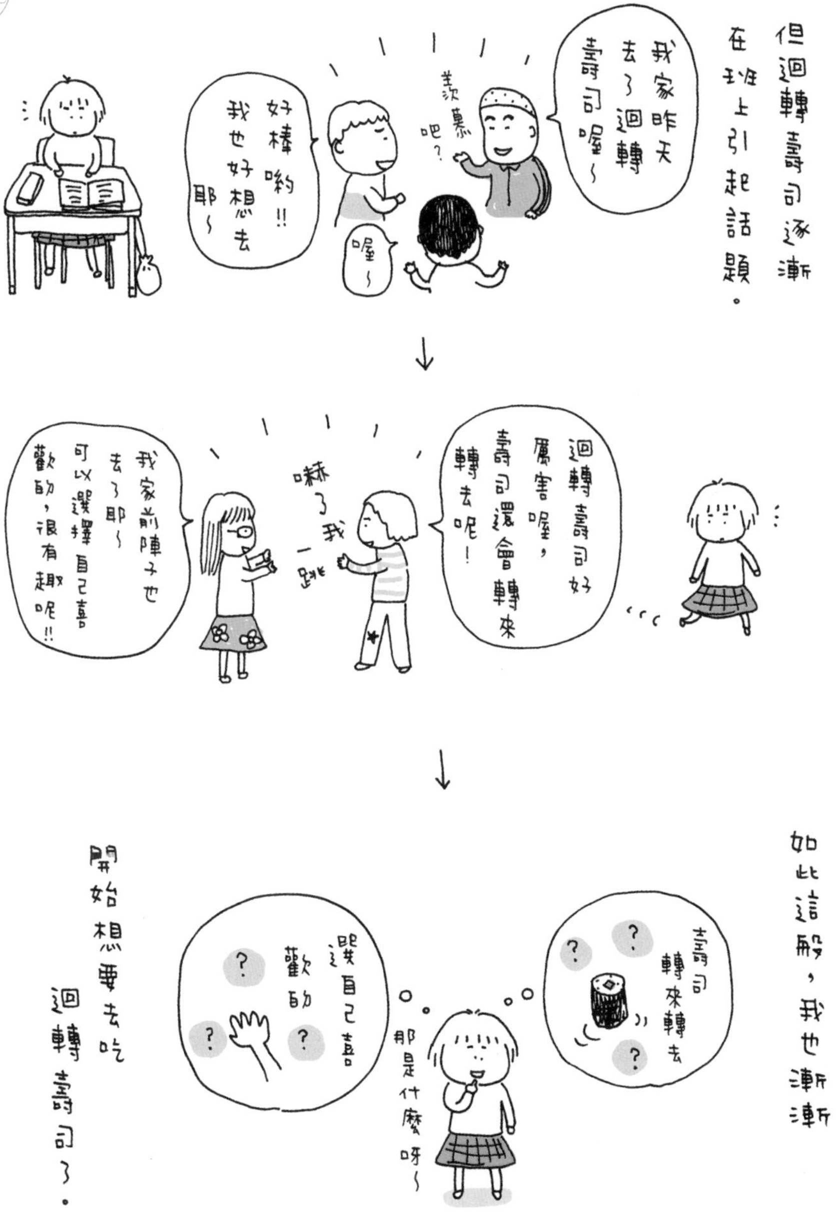
但迴轉壽司逐漸
在班上引起話題。
我家昨天去了迴轉壽司喔～
羨慕吧？
好棒喲!! 我也好想去耶～
喔～
迴轉壽司好厲害喔，壽司還會轉來轉去呢！
嚇了我一跳
我家前陣子也去了耶～可以選擇自己喜歡的，很有趣呢!!
如此這般，我也漸漸
壽司轉來轉去
選自己喜歡的
那是什麼呀～
開始想要去吃迴轉壽司了。

媽～～迴轉壽司不是剛開幕嗎～
人家好想去吃吃看喲～
母
嗯～～
妳去問問看老爸吧～
爸～～我們去吃迴轉壽司嘛
大家都去過了耶～還說壽司會轉來轉去喲
父
那種店只是一時流行，鐵定好吃不到哪去!!
咱們絕對不去!!
斬釘截鐵
震驚
唉～～雖然早知道是這種結果……
碰咚
碰咚
果然不能去嗎……
我的迴轉壽司夢就這樣被無情敲碎了……

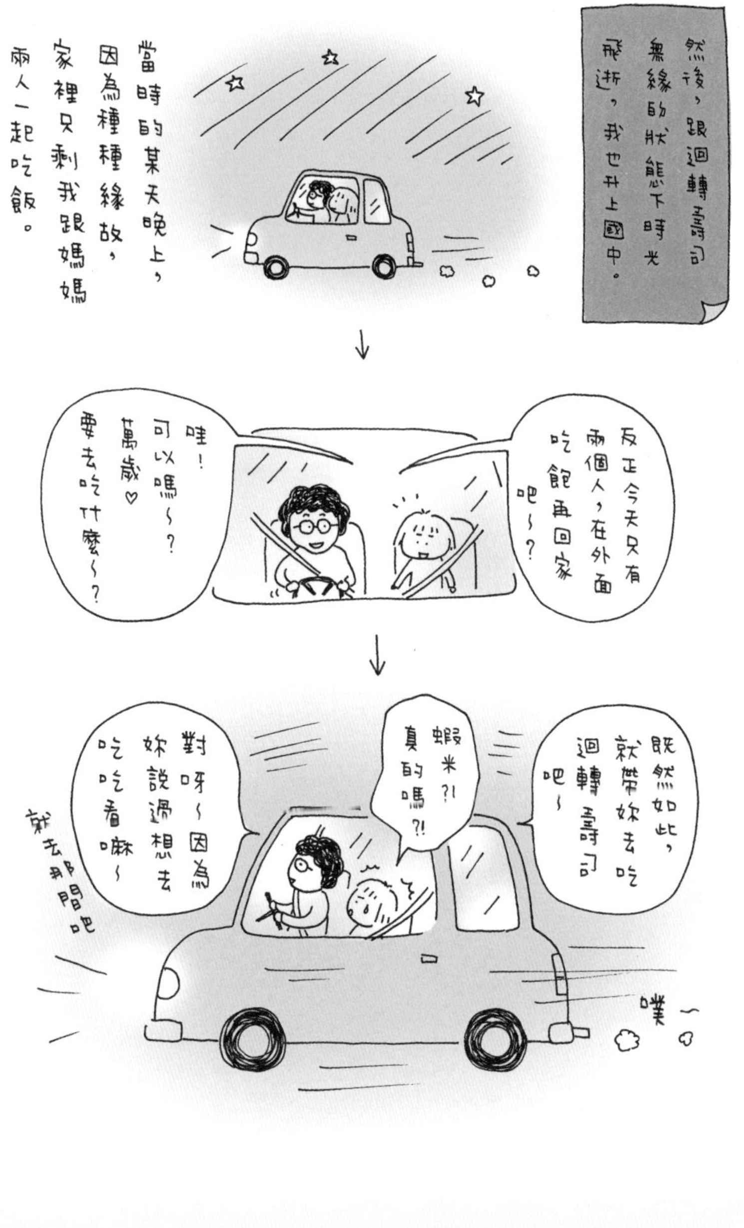
然後，跟迴轉壽司無緣的狀態下時光飛逝，我也升上國中。
當時的某天晚上，因為種種緣故，家裡只剩我跟媽媽兩人一起吃飯。
反正今天只有兩個人，在外面吃飽再回家吧～？
哇！可以嗎～？萬歲♡要去吃什麼～？
既然如此，就帶妳去吃迴轉壽司吧～
蝦米?!真的嗎?!
對呀～因為妳說過想去吃吃看嘛～
就去那間吧
噗～

就這樣，我終於等到
踏入迴轉壽司店的日子。
壽司
耶～耶～
嘎～～
歡迎光臨!!
轉來
轉去
轉來
轉去
坐這兒吧
這……這就是
迴轉壽司!!
壽司真的在
轉來轉去耶!!

味噌湯 ¥150
魚骨湯 ¥180
螃蟹湯 ¥200
……
啪嚓……
老媽好像曾經跟同事來過
妳想吃什麼隨便拿
轉來轉去
轉來轉去
店裡到處都是第一次看見的東西。
¥120
¥180
¥240
¥360
¥480
啊……
啪嚓……
價格是由盤子的花色決定呀……!!
那……那得小心別拿到貴的盤子……
緊張緊張
專挑120圓的吧……
蝦米~~?! 竟然放了茶包就用熱水沖~~?!
這熱水真的夠熱嗎?!
咻~~
茶
當時不太喜歡這種方式。
咕咚咕咚
喝茶還是這樣嘗讚……

鮪魚
金槍
鰤魚
鮭魚子
鯛
烏賊
章魚
好好努力吃吧!!
颼
捏
捏
這時我的腦袋裡……
慢……慢慢吃嘛……
太
太
太
好不容易能來，不吃太浪費了!!
淨想著這件事……
心情像是去「吃到飽餐廳」
等等……等等……
颼
嚼
嚼
不顧一切地吃呀吃
要吃完所有種類……
嚼
嚼
喀啦
不安
不安
下一個鰤魚……
根本就是狼吞虎嚥。
※（光挑120圓的盤子）

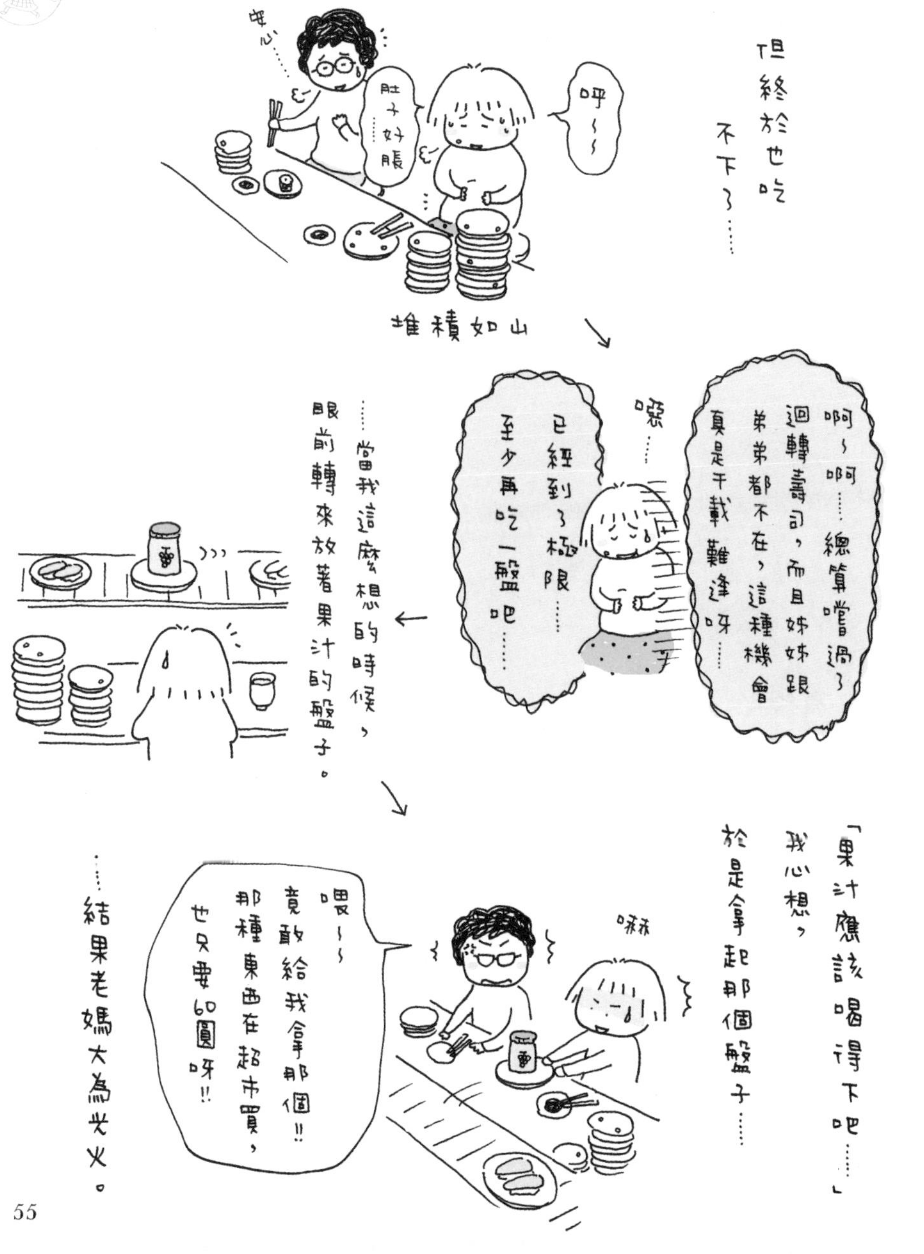
但終於也吃不下了……
呼～～
肚子好脹……
安心……
堆積如山
啊～啊……總算嚐過了迴轉壽司，而且姊姊跟弟弟都不在，這種機會真是千載難逢呀……
嗯……
已經到了極限……至少再吃一盤吧……
……當我這麼想的時候，眼前轉來放著果汁的盤子。
「果汁應該喝得下吧……」
我心想，於是拿起那個盤子……
唰
喂～～竟敢給我拿那個!!
那種東西在超市買，也只要60圓呀!!
……結果老媽大為光火。

更慘的是，那瓶果汁似乎已經轉了很久，變得溫溫的了。
嗚哇……一點也不冰～
吸～
好噁～～
咕ろ！
但在生氣老媽的面前，我也不敢剩下，只有拼命喝光。
茶
茶
可是剛才吃了一大堆東西，一喝溫果汁，突然感到不舒服。
怎……怎麼辦……
嗯……
好想吐……
我……我出去吹個風……
等等我……
搖晃
啥?!
轉來轉去壽司
嗚……

抱歉跟各位說這麼噁心的故事，
結果我將剛才吃下肚的大部分東西……
嘔～～～
都吐在停車場旁邊了。
呼～～
輕鬆愉快……
啊
妳沒事吧？
哈哈哈……吐了一點～～
砰咚
吐完以後，好像肚子又餓了耶～
再來吃點東西吧
!!

妳給我差不多一點~~
吃完那個就回家!!
啊……好……
嘶
總共是3240圓
哼……
叮~~
我16盤
第一次的迴轉壽司,我吃得非常高興……
但老媽似乎非常生氣……
轉來轉去壽司
好好吃喲~下次再來吃吧
老媽我再也不想來了
結束

後來的迴轉壽司

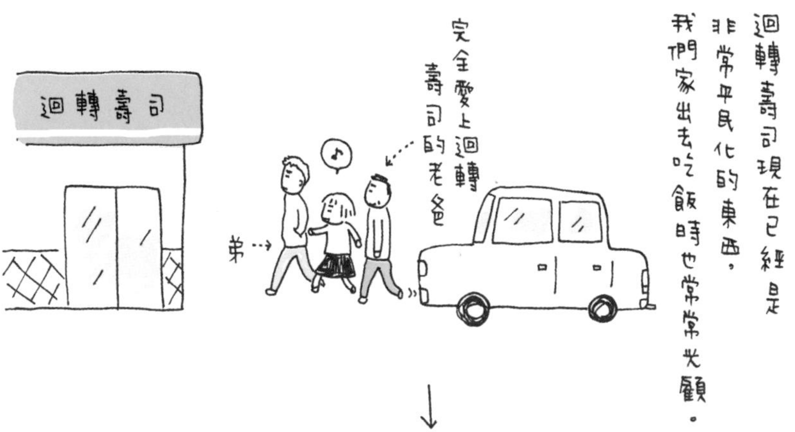
迴轉壽司現在已經是
非常平民化的東西。
我們家出去吃飯時也常常光顧。
完全愛上迴轉壽司的老爸
迴轉壽司
弟

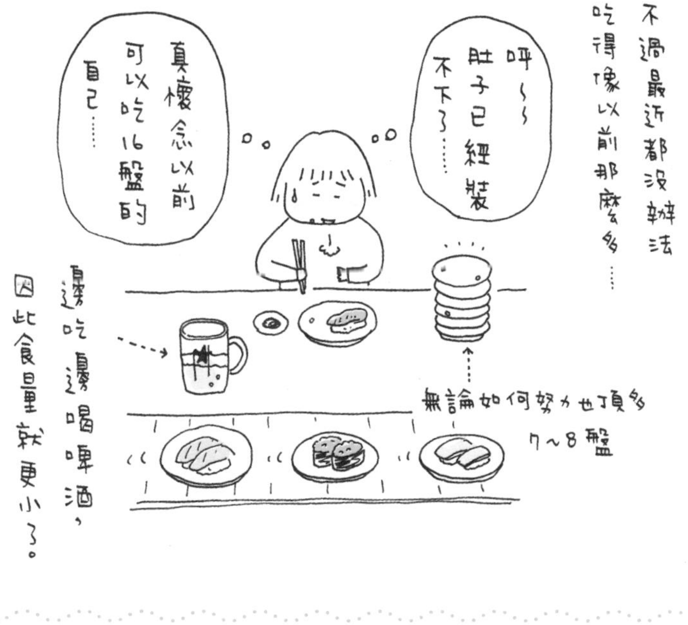
不過最近都沒辦法
吃得像以前那麼多……
呼～～
肚子已經裝
不下了……
真懷念以前
可以吃16盤的
自己……
無論如何努力也頂多
7～8盤
邊吃邊喝啤酒，
因此食量就更小了。

第一次燙頭髮時，
有種變成大人的感覺。
鏘將～～
嘿嘿嘿……
好看嗎？
當時18歲
（短大生）
呃……
裙帶菜……
但周圍的反應
有些微妙……

Chapter 5

第一次的漫畫投稿

1990年
16歲

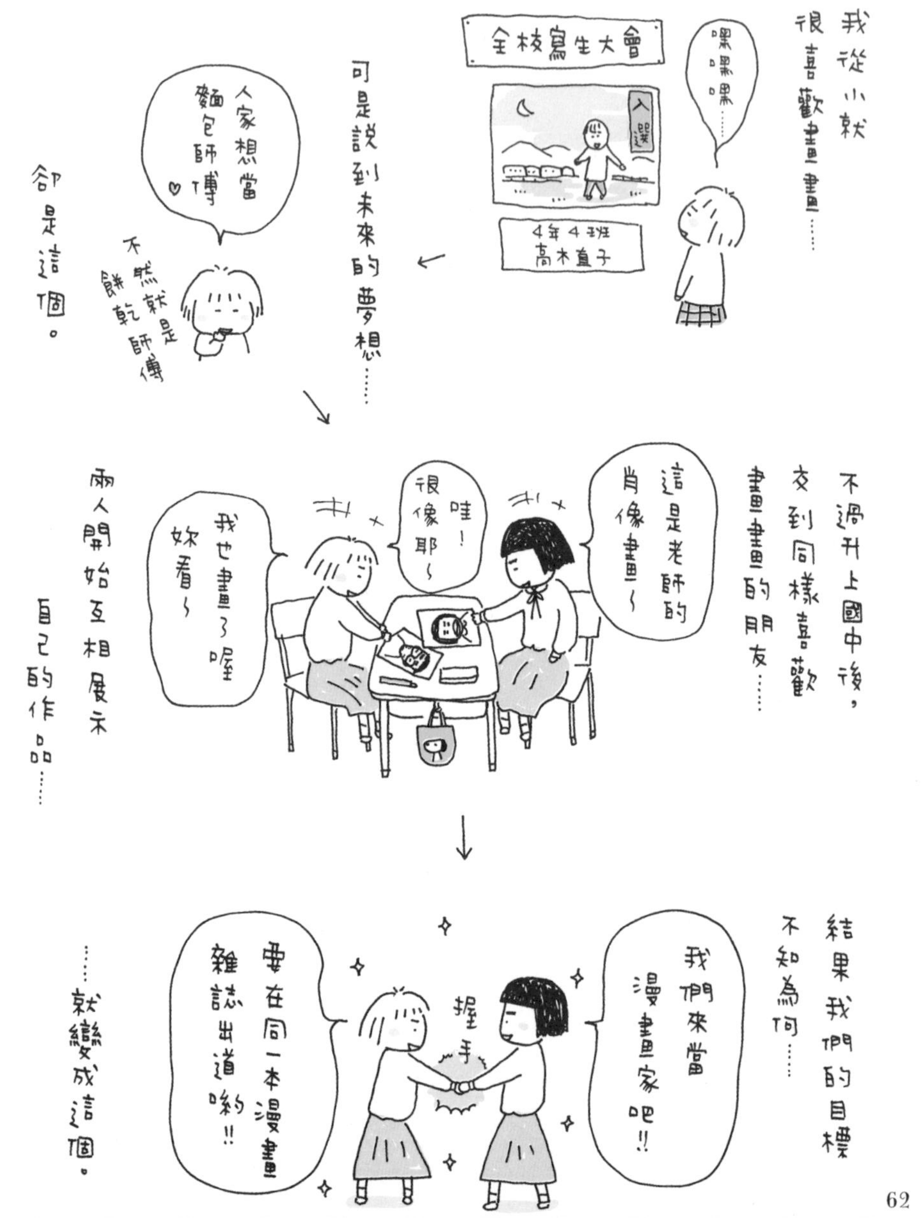
我從小就很喜歡畫畫……
嘿嘿嘿……
全校寫生大會
入選
4年4班
高木直子
可是說到未來的夢想……
人家想當麵包師傅♡
不然就是餅乾師傅
卻是這個。
不過升上國中後，交到同樣喜歡畫畫的朋友……
這是老師的肖像畫~
哇！很像耶~
我也畫了喔
妳看~
兩人開始互相展示自己的作品……
結果我們的目標不知為何……
我們來當漫畫家吧!!
握手
要在同一本漫畫雜誌出道喲!!
……就變成這個。

於是，兩人的漫畫家奮鬥生活就此展開。
為了分享對方畫的圖，開始交換漫畫日記……
這個給妳～
鬼鬼祟祟
有兩本
總覺得被別人發現自己在畫漫畫很不好意思，因此偷偷摸摸地進行。
認真地討論要在哪本雜誌出道……
○○○不錯，但△△△有××老師～
可是□□也難以割捨啊～
唔唔……
思索筆名跟簽名……
「圓筒魚糕」這名字如何？
簽名就這樣。
呃～
一起去選購畫具……
網點紙 1張￥300
喔喔～～這就是傳說中的網點紙呀!!第一次看到……
喂～這種沾水筆比較好嗎？
G筆
圓筆
鏑筆
那種日子不知道為什麼非常愉快……

但一直沒有畫出作品，磨磨蹭蹭之間，兩人就升上高中了。
高中也同校的兩人
給妳
還在交換漫畫日記。
漫畫家都很早出道，有時也會有國中就已出道的小朋友。
哇咧～～這個妹妹才14歲耶～
鏘～～
第55屆 漫畫學校
得獎 出道
《奇蹟♡愛情》星美雪 14歲 獎金30萬圓
14歲的星同學憑著超齡的繪畫技巧成功出道。今後發展令人期待!!
嗚嗚嗚……比我們小耶……
悠哉的兩個人漸漸感到驚慌……
好……好！咱們也差不多該畫個作品啦!!
對……對呀!!兩人逗陣來投搞吧!!
……下定決心的16歲春天。

兩人決定投稿的是純情少女漫畫雜誌。
5月號
附小冊子
因為有喜歡的老師
話雖如此……
校園愛情那種愛來愛去的漫畫太羞人，我畫不出來!!
因為我心裡這麼想……
煩惱是否該當飛機駕駛的男生……
唔~
父母要他繼承工廠
遇見達成自己的夢想，成為「春風精靈」的妖精女生……
呵呵呵
哇~
得到了勇氣。
好!!我也要成為飛機駕駛喔~!!
不能輕易放棄夢想喲!!
……想了一個如今看來，比愛來愛去的戀愛漫畫更加羞人的故事。
我決定要走奇幻路線囉~
奇幻？
很棒的故事呢~~
我要畫女生的友情故事!!一起努力吧~~

如此這般，開始每天放學後在家創作漫畫的日子。
嗚嗚嗚……好睏……
嘎吱 嘎吱 嘎吱 嘎吱
宵夜
兩人持續睡眠不足的生活……
早～
妳畫了幾張？
昨天4張～
嗚哇～～畫不出來～!!
抓 抓
參加社團中
Z Z Z
咦？
漏接
這樣過了三個月，作品終於完成……
〒郵局
好可怕喲
啊～～光是寄信就緊張得要死……
可是不寄也不行啊～～
怦怦 怦怦 怦怦 怦怦 怦怦
兩人以第一次的作品參加了第一次的投稿。

不過投稿以後，還要兩個多月才能知道結果，兩人在那之間繼續過著不安的生活……

喏~~編輯部的人已經看了嗎？
怦怦怦怦
怦怦怦怦
唔~~應該還沒吧？

我們投稿的漫畫雜誌，結果大概是分成這樣。

落選			得獎			
C等級	B等級	A等級	還差一步獎	努力獎	佳作	大獎

這是最低等級 → C等級

→有出道的可能性

畢竟是第一次投稿，完全不知道自己的程度是好是壞。

要是C等級，那就傷心了~
畏畏縮縮
呃~~C等級還真是承受不起哪!!

不過要是突然出道怎麼辦呢？
嘿嘿嘿
嗚咿~~!!
不……不會吧!!

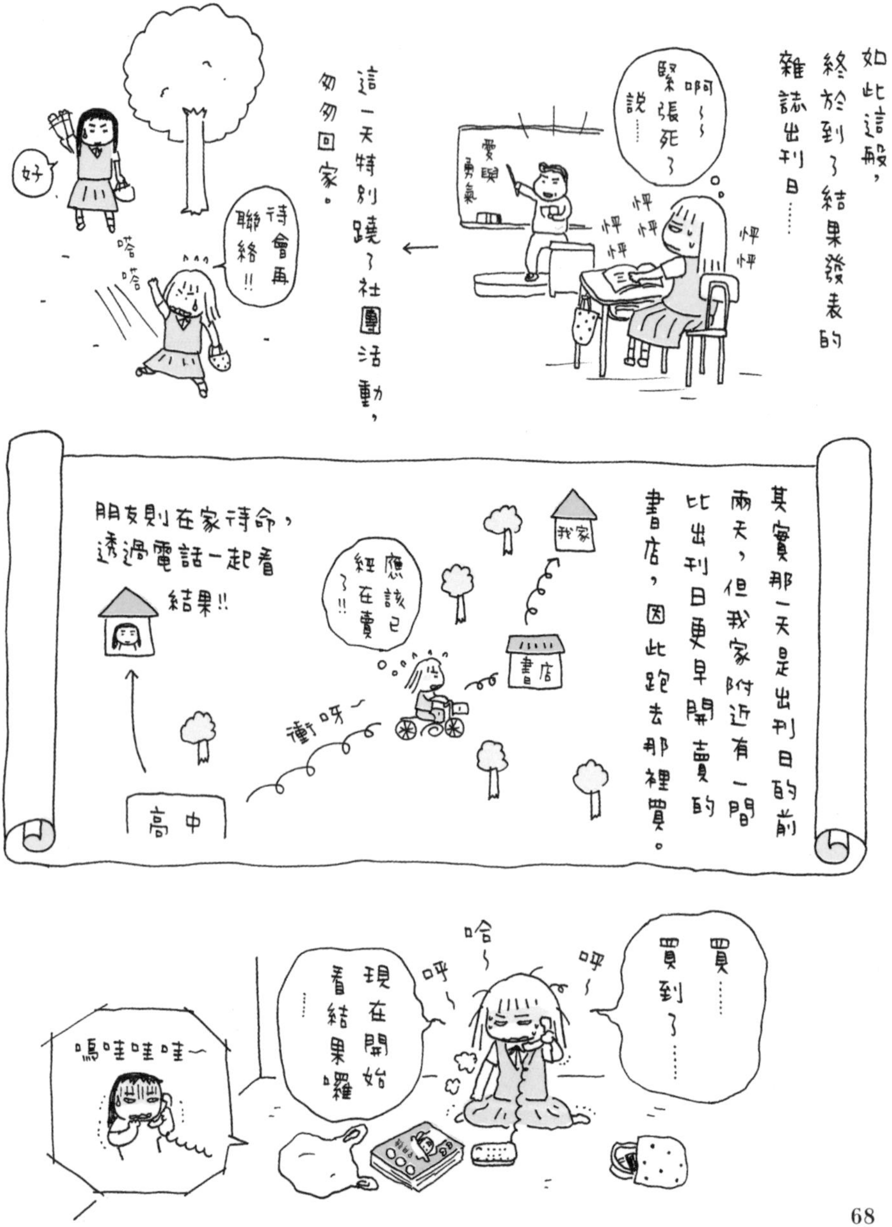
如此這般，
終於到了結果發表的
雜誌出刊日……
啊～～緊張死了說……
愛與勇氣
怦怦
怦怦
怦怦
怦怦
這一天特別蹺了社團活動，
匆匆回家。
好
詩會再聯絡!!
嗒嗒
其實那一天是出刊日的前兩天，但我家附近有一間比出刊日更早開賣的書店，因此跑去那裡買。
我家
應該已經在賣了!!
書店
衝呀～
高中
朋友則在家待命，
透過電話一起看
結果!!
買到了……
哈～
呼～
呼～
現在開始看結果囉……
嗚哇哇哇～

我們決定從最後面的C等級一路看到前面。
現……現在正在看C等級……
沙～～
一邊用墊板遮住一邊慢慢向前看大作戰
參加規則
千萬不要是C等級啊～～
抖
抖
兩人的祈禱成功，C等級裡沒有我們的名字。
呼～～C等級裡沒看見喲!!
萬～歲～
然後在B等級裡也沒有。
B等級也過關啦!!
成～功～
接下來的A等級裡也沒看見我們的名字。
咦……咦？A等級裡也沒有耶……
顫抖
顫抖
唔～～!!

啊哇哇……
怎……怎麼辦……
莫非咱們得獎了？
原稿該不會沒寄到吧？
怦怦怦怦怦怦怦怦
※心跳聲
冷……
冷靜點
看清楚
呀～～
怦怦怦怦怦怦
該……該不會
真的……
出道了嗎?!
沙～～
……這樣胡思亂想後，
立刻在「還差一步獎」的
欄位發現兩人的名字。
有……
有了!!
兩人都是
還差一步
獎哩!!
喔～～

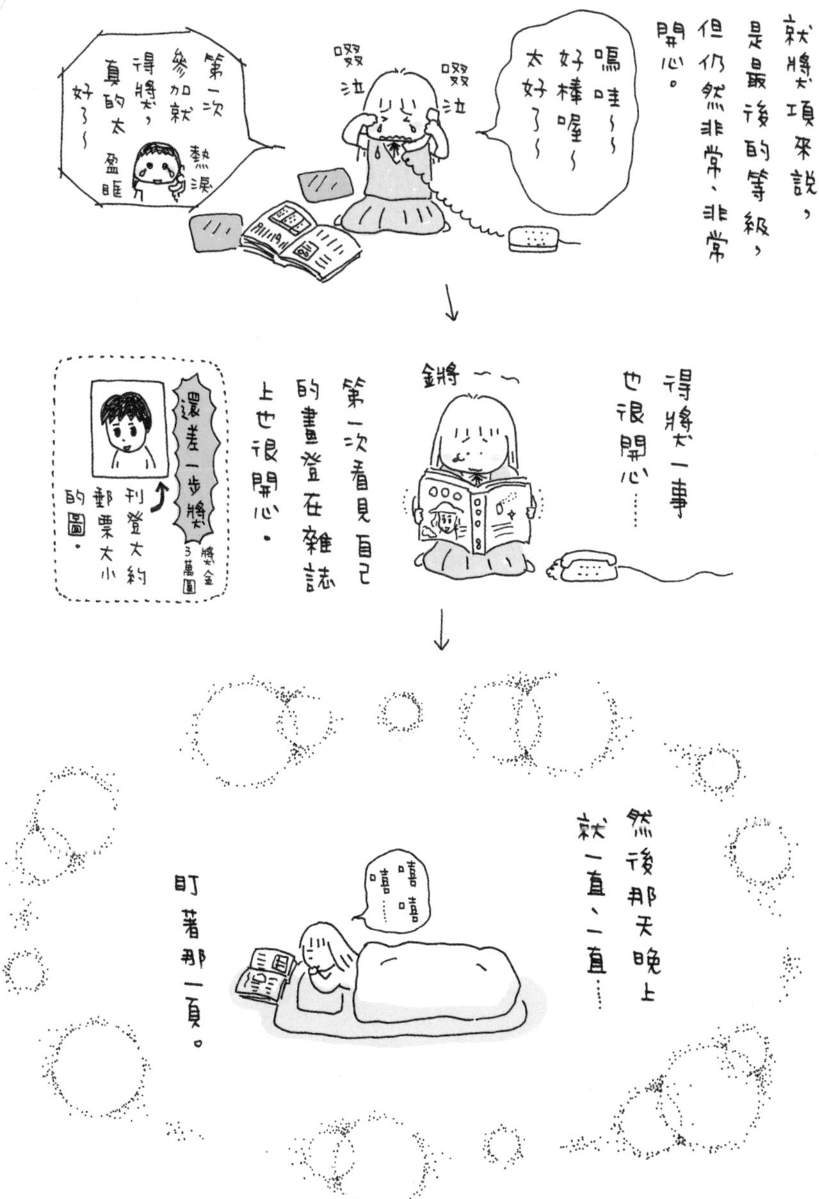
就獎項來說，是最後的等級，但仍然非常、非常開心。
嗚哇～～好棒喔～～太好了～～
啜泣
啜泣
第一次參加就得獎，真的太好了～
熱淚盈眶
得獎一事也很開心……
鏘～～
第一次看見自己的畫登在雜誌上也很開心。
還差一步獎
獎金3萬圓
刊登大約郵票大小的圖。
然後那天晚上就一直、一直……
嘻嘻嘻嘻……
盯著那一頁。

兩人後來又用3萬圓的獎金購買新畫具……

興致勃勃地準備下次投稿。

接著在四個月後再度嘗試投稿……

兩人又得到「還差一步獎」。

連續兩次獲得「還差一步獎」，但兩人不知為何卻對投稿失去了熱情……

兩人的投稿生活也就此畫下句點。

結束

後來的漫畫投稿

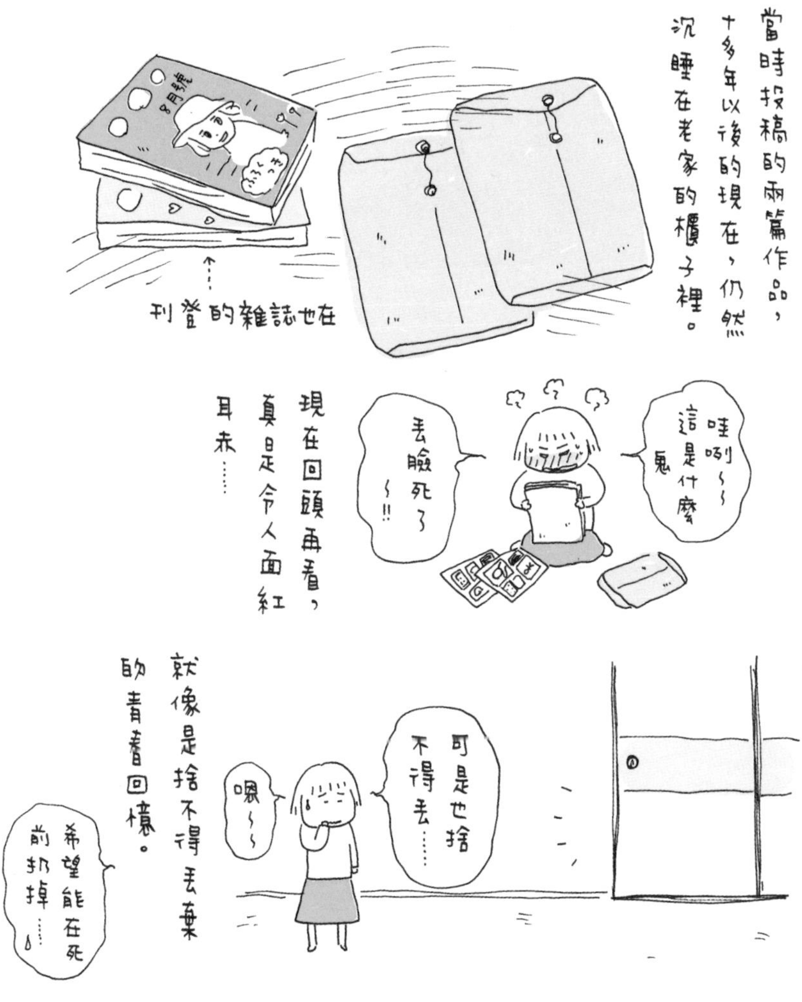

當時投稿的兩篇作品，十多年以後的現在，仍然沉睡在老家的櫃子裡。
8月號
刊登的雜誌也在
哇咧～～這是什麼鬼
丟臉死了～!!
現在回頭再看，真是令人面紅耳赤……
可是也捨不得丟……
嗯～～
就像是捨不得丟棄的青春回憶。
希望能在死前扔掉……

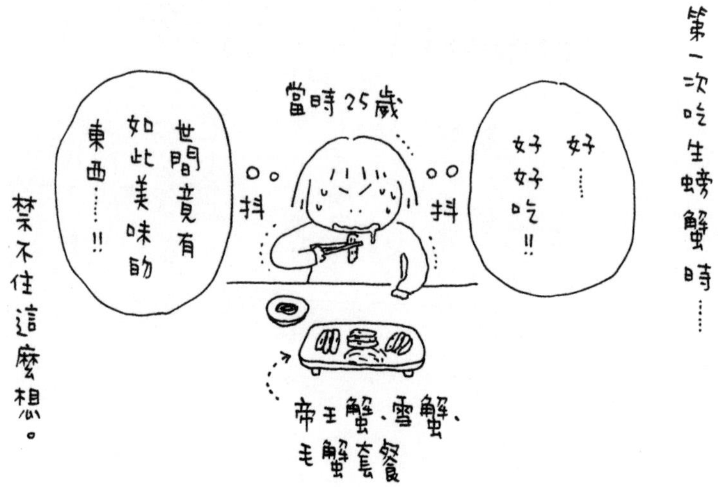
第一次吃生螃蟹時……
好……好好吃!!
當時25歲
抖
抖
世間竟有如此美味的東西……!!
禁不住這麼想。
帝王蟹、雪蟹、毛蟹套餐

Chapter 6

第一次的走失

1978年
4歲

某個寒冷的冬天，
老媽、姊姊跟我三個人
搭巴士到車站前面買東西。
年終大出清
等我們回過神來，
才發現姊姊不見了……
咦……咦?!
人咧？
忽然消失
我們在商店街繞來繞去，
但一直找不到姊姊……
烏龍麵
蓋飯
鞋子
和菓子
羊羹
警察局
颼~~
最後到了
警察局……
我心想會到警察局，
事情鐵定非常糟糕……
全國
通緝犯
5歲的
女生
穿著綠色
的外套……
唰
唰
緊張
緊張
一想到姊姊現在可能
在某個地方哭泣，
就感到萬分不安。

離開警察局後，
我們又到處找妹妹，
但還是沒看見她……
書
玩具
佛壇
颼～
太陽西下，
四周也變暗了。

啊啊……說不定
我們永遠都找不
到妹妹了……
腦海開始掠過
這種想法時……

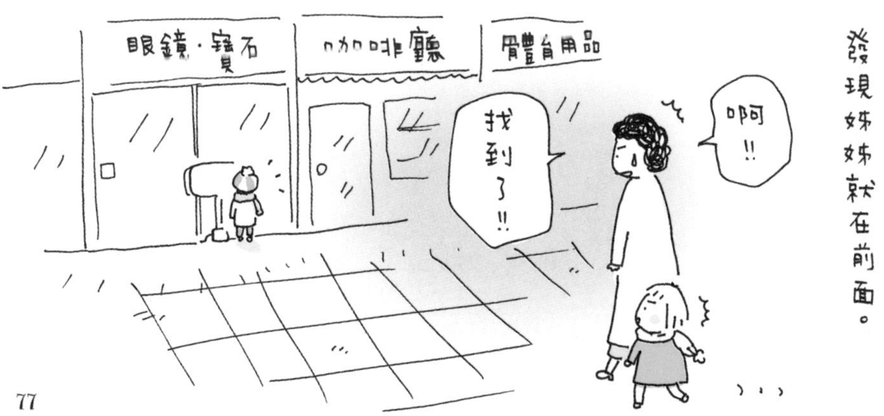
發現妹妹就在前面。
眼鏡・寶石
咖啡廳
體育用品
啊!!
找到了!!

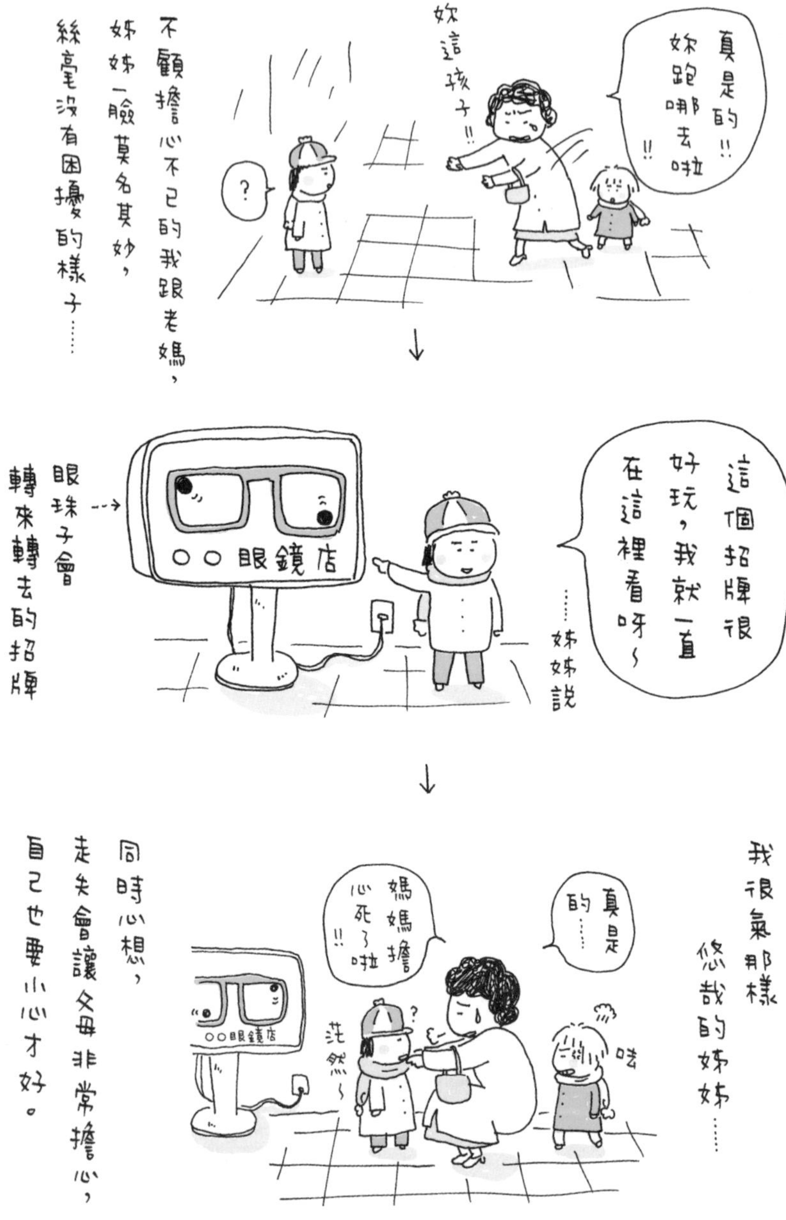
真是的!!妳跑哪去啦!!
妳這孩子!!
?
不顧擔心不已的我跟老媽，
妹妹一臉莫名其妙，
絲毫沒有困擾的樣子……
這個招牌很好玩，我就一直在這裡看呀~
……妹妹說
○○眼鏡店
眼珠子會轉來轉去的招牌
我很氣那樣悠哉的妹妹……
真是的……
媽媽擔心死了啦!!
咕
茫然~
○○眼鏡店
同時心想，
走失會讓父母非常擔心，
自己也要小心才好。

可是在那之後不久，全家去購物中心的時候……

當我沉迷地看玩具時……

心不在焉的我也走失了。

在附近繞來繞去也找不到他們……

我驚慌得不知如何是好。

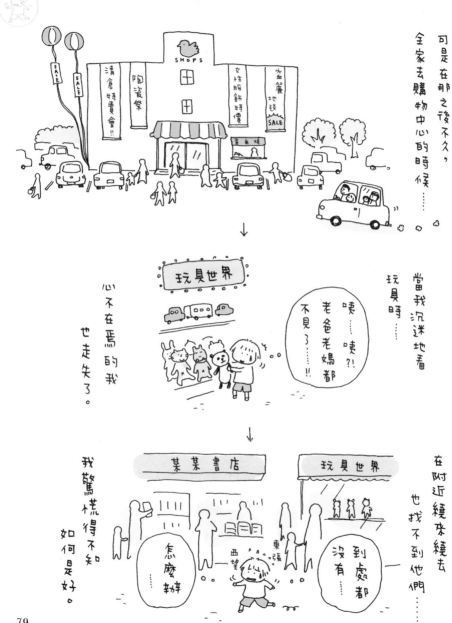

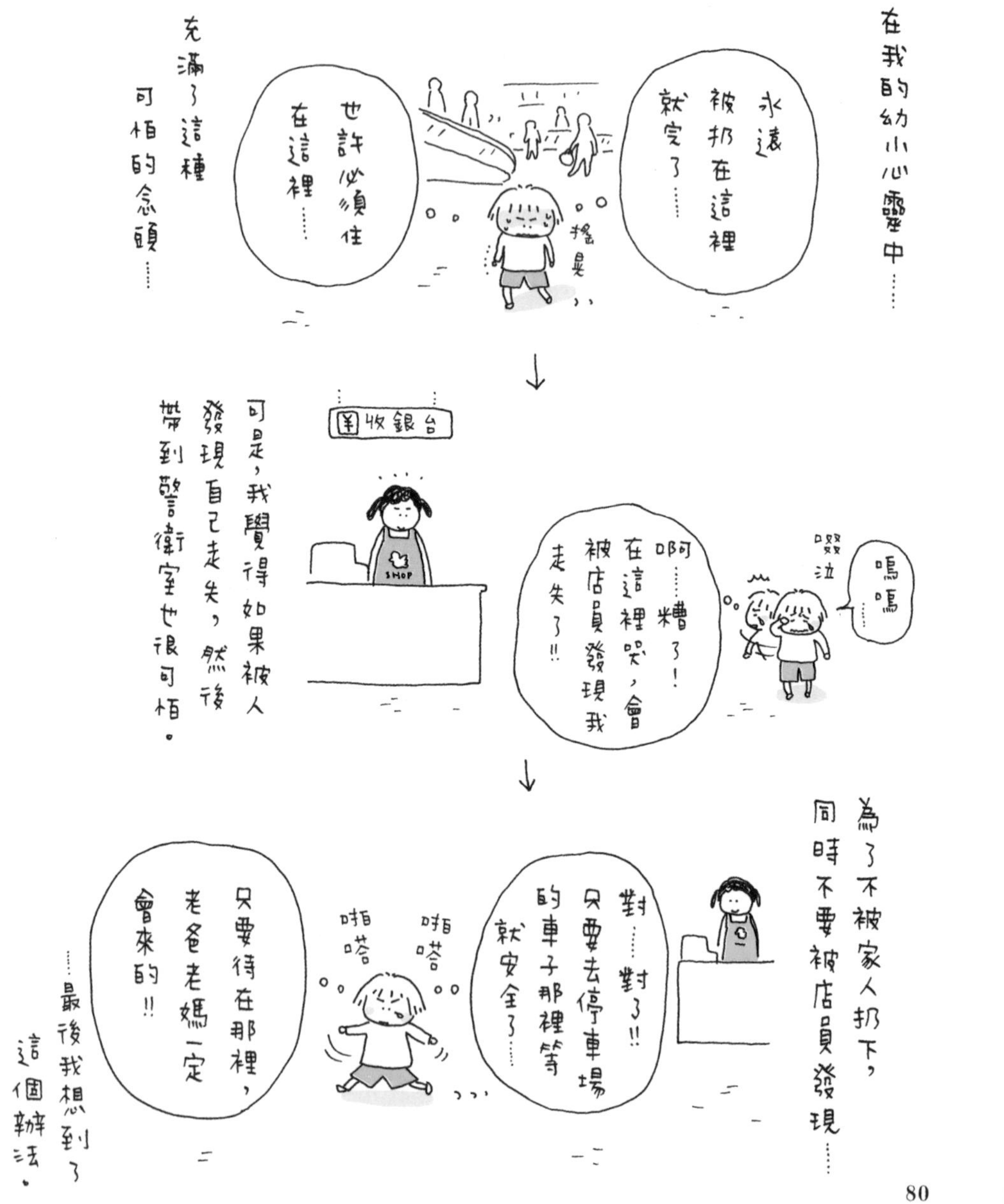
在我的幼小心靈中……
永遠被扔在這裡就完了……
搖晃
也許必須住在這裡……
充滿了這種可怕的念頭……
¥收銀台
嗚嗚……
啜泣
啊……糟了!在這裡哭,會被店員發現我走失了!!
可是,我覺得如果被人發現自己走失,然後帶到警衛室也很可怕。
為了不被家人扔下,同時不要被店員發現……
對……對了!!只要去停車場的車子那裡等就安全了……
啪嗒
啪嗒
只要待在那裡,老爸老媽一定會來的!!
……最後我想到了這個辦法。

就這樣，我回到了停車場。

咦~~車子是停在哪裡……
找不到……

但停車場很大，我又在那裡繞了半天……

最後總算發現了我家的車子。

嗚哇~~有了~~!!
太好了……看來還沒有被大家扔在這裡……
衝

然後我就一直在車子前面等待……

孤單……
好慢喲……

可是家人卻一直沒有回來。

如果太垂頭喪氣，
又會被經過的人懷疑，
因此必須非常小心。
喀嚓
?
啊……在看這裡……!!
自以為這樣很鎮定
嘿咻
揮動
揮動
失～落～
嗚嗚嗚……怎麼一直不回來……
還在買東西嗎……
……正當我胡思亂想時，
家人終於回來了。
啊，直子!!
原來妳在這裡!!
啊
他們似乎在店裡到處找我，
老爸老媽嘮叨個半天。
請店員廣播也找不到人，我正覺得奇怪哪！
這樣當然找不到
怎麼可以隨便出來呢？
可是
嗚哇哇哇哇～
「在車子旁邊等人大作戰」
看來是失敗了呀……
我幼小心靈暗想。
結束

後來的走失

後來我還是經常走失。
全國美食特賣會
嘩
嘩
嘩
嘩
怎麼了？迷路了？
嚇
糟了被發現了!!
被店員收留時，明明是得救了，不知道為什麼卻有一種「被抓到了……」的感覺。
嗚嗚……
失落……
媽咪馬上就來了喔～
啊直子!!
不像收留更像逮捕
順道一提，長大後的現在，我也常常迷路……
咦～這裡是哪裡？
地圖

姊姊第一次打工時，
我跟老媽一起去偷看。

*譯註：新年掛在門口的稻草繩。

Chapter 7

第一次的燒肉打工

1991年
17歲

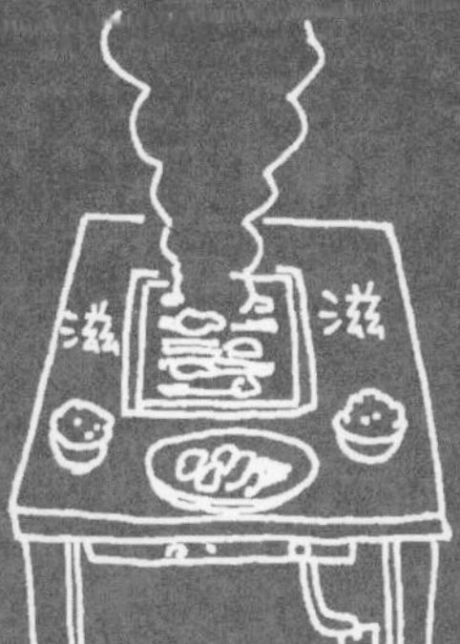

即將畢業的高三冬季，已經考取學校的我閒來無事，就跟朋友討論要不要去打工……
啊……這裡怎麼樣～
有寫「高中生可」喔!!
徵工讀生
燒肉
超市
嗯～～好像不錯……
那一天偶然去應徵夾在傳單裡的燒肉店工讀。
兩個人都順利錄取，我負責大廳，朋友負責餐廳。
妳是大廳 妳是餐廳喔
店長
還挺可愛的制服
大廳↓點菜 上菜
餐廳↓協助調理、洗盤子等
打工是元旦前後的兩個月短期。從早上的開店準備到傍晚共8小時，時薪780圓。
嘰～～
早上的兩個小時是掃除時間。

但問題是我跟朋友都沒有在燒肉店吃過東西，因此完全看不懂菜單。
五花肉還可以理解……其他就完全看不懂了……
簑衣？
妊娠？
湯？
子袋？
菜單
菜單
這個「魚給*」跟「哭爸*」是什麼東西呀……
名字還真奇怪……
*譯註：Yukhoe，韓國料理，生牛肉切絲，加調味料涼拌。
*譯註：Gukbap，韓國料理，湯與飯煮成的雜燴。
可是上午11點就開始營業，看不懂的兩人只得硬著頭皮上場。
兩份五花肉。
還有鹽舌跟生肝。
好……好的
嘎～～
正在切高麗菜絲。
不過一旦被客人質問，立刻就不知該如何應付……
「妊娠」是哪個部分啊？
咦?!
嚇
對……對不起 請您等一下
每次都得衝到廚房詢問。
請！請問「妊娠」是？
牛的橫膈膜啦
廚師
跑百米～～
咦……？根哥摸??
那是啥???

而且年終這段時期，
是店裡最忙碌的時候。
唉～～
幫我換網子
小姐，點菜～～
負責廚房的朋友也
被壞心眼的歐巴桑
頻頻抱怨，
吃了不少苦頭。
節……節哀順變……
別礙手礙腳的!!
嗚……
非常可怕
下午兩點開始，
有30分鐘的休息時間，
但兩個人都累得食欲
盡失……
唉～～
累死了……
像是雜物間的休息室
濕巾
餐巾紙
餐巾紙
衛生筷
如今回想起來，這間燒肉店有點
小氣，明明是餐廳，卻沒有「伙
伙食」，我們都是帶便當或麵
包來吃。
嚼
嚼
嚼
嚼
……
……

客人不多時，我也到廚房幫忙。
好冷……好冷……
抖 抖 抖 抖
嘩啦
用冬天的冷水清洗大量紫色萵苣的作業
一大籃
順便也幫忙洗一下旁邊的雞肉喲～
店長
什麼～
堆積如山
色澤相當暗沉的雞肉
嗚嗚……廚房也很辛苦呢……
悄聲……
嘩啦
悄聲……
嘩啦 嘩啦
就說吧……
大量的碗盤
如此這般，工作終於結束時，兩人已經累得跟狗一樣。
我們先走啦～
辛苦啦～
嘖
再見，妳們辛苦囉～
這個人是非常溫柔的打工歐巴桑

從燒肉店到家裡騎
腳踏車大約20分鐘，
在寒空下努力的兩人。
好冷呀~~
川田
嗯……
颼颼颼
工作真是辛苦呀……
真不想去打工呀……
回程上淨想著這些
事情……
頭髮上還不時飄來
燒肉店的煙味。
不過我跟朋友還是
繼續認真打工，
沒有蹺班。
大家早。
今天也請多指教。
早喔~
咕咕
早呀~

我還偷偷做了「肉類小抄」，努力背誦肉的種類。
呃~~「燙」是舌頭「哈刺」是心臟「妊娠」是橫膈膜……
嘀咕 嘀咕 嘀咕
「蓑衣」跟「千枚」是胃……「雷色」是肝「子袋」是……「荷爾蒙」是……
可是有些客人老愛使用俗稱點菜，讓人不知所措。
給我紅心跟抹布。
紅心♥？抹布？
紅心……→心（因為是心臟）
抹布……→胃（因為看起來像抹布）
團體客人也很傷腦筋……
就先來6杯生啤酒吧!!
呵
是!!
男性六人組

裝生啤酒也是相當困難的作業。
BEER
咕嚕咕嚕
哇咧～～全部都是泡泡～
快點啤酒呀～!!
嚇
哎呀呀……
甩
用湯匙把泡沫舀起來丟掉
嗚哇……好重……一次只能拿兩杯……
抖
抖
搖晃
搖晃
……不過這樣端啤酒的自己，說不定看起來很成熟……開玩笑啦……
其中我最喜歡的工作就是這個。
在店門口的黑板上寫午餐菜單。
本日午餐
生薑烤豬肉定食
附甜點 咖啡
嘰
嘰
嘻嘻嘻
歡迎光臨

工作逐漸上軌道後，我們常常會想這種事……
喂~燒肉很好吃嗎~真想吃一次看看耶~
衛生筷
衛生筷
濕巾
五花肉或者鹽牛舌~
衛生紙
點「魚給」的人也很多，不曉得是什麼味道耶~
真羨慕……看起來好好吃喲……
滋
滋
我要點菜~~
菜單
吞口水……
牛小排跟上等里肌
媽媽~
我想吃「魚給」~
那就來一份「魚給」
菜單
好…好的
嗚哇~~連那麼小的孩子都在吃「魚給」耶~~
真好~
哼哼哼
嬌生慣養啊……

如此這般，打工生活咻的一聲就過去了……
我替您換網子
變得很熟練了呢～
咚—咚—
橫膈跟上等牛胃來了～
咿～
颼颼颼
打工終於進入最後一天……
打工今天就要結束了呢……
嘎～～
這樣一想，總覺得有些寂寞耶

然後，當時對我們最親切的打工歐巴桑告訴我們。
妳們今天是最後一天吧？
中午休息久一點沒關係，烤個肉來吃吧，歐巴桑請客喲，呵呵呵……
咦~~?! 那怎麼好意思……
沒關係！沒關係♥ 是感謝妳們這段日子的努力嘛
……就這樣，最後一天終於可以吃到燒肉了。
（而且還是包廂）
嗚嗚嗚……那個歐巴桑真是個大好人……
看起來真好吃~
啜泣……
嗯……太感激了……
滋
滋
這樣第一次吃到的燒肉……
好……
好好吃!! 這是什麼?!
入口即化!!
滋
滋
非常、非常的美味可口……

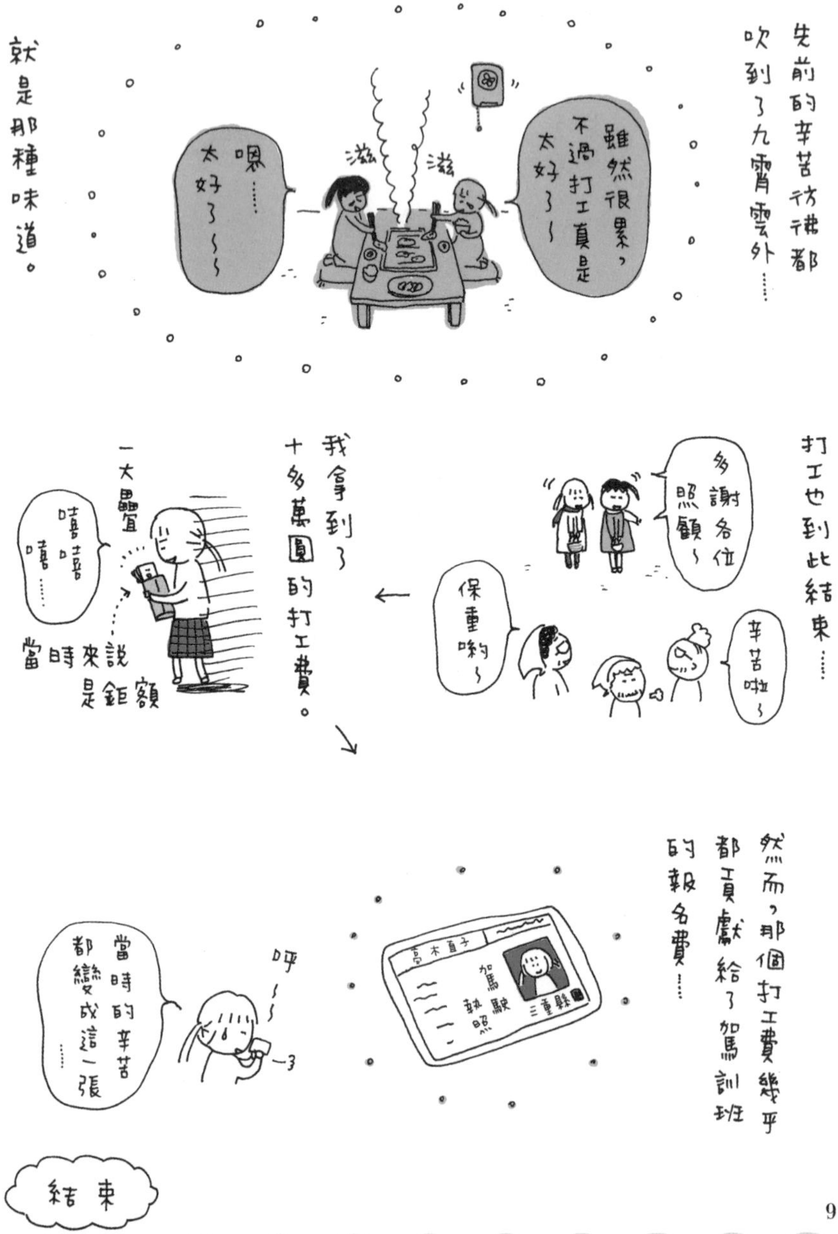
先前的辛苦彷彿都吹到了九霄雲外……
雖然很累，不過打工真是太好了～
滋
滋
嗯……太好了～～
就是那種味道。
打工也到此結束……
多謝各位照顧～
辛苦啦～
保重喲～
我拿到了十多萬圓的打工費。
一大疊
嘻嘻嘻……
當時來說是鉅額
然而，那個打工費幾乎都貢獻給了駕訓班的報名費……
高木直子
駕駛執照
三重縣
呼～～
當時的辛苦都變成這一張……
結束

後來的燒肉

現在也時常跟朋友或家人去燒肉店，已經變成很平常的食物……

滋
滋
滋

不過也算是「美食」啦……

前一陣子，事隔10年再去以前打工的燒肉店，可是已經沒有當時的那種感動。

嚼
嚼
嗯～～記得的確是這個味道……
不過以前好像更好吃哪……
滋
滋

但還是充滿了令人懷念的舊日口味和飄香。

在第一次打工的餐廳，
第一次做的工作是穿圓筒魚糕。
當時16歲
圓筒魚糕
變成黑輪

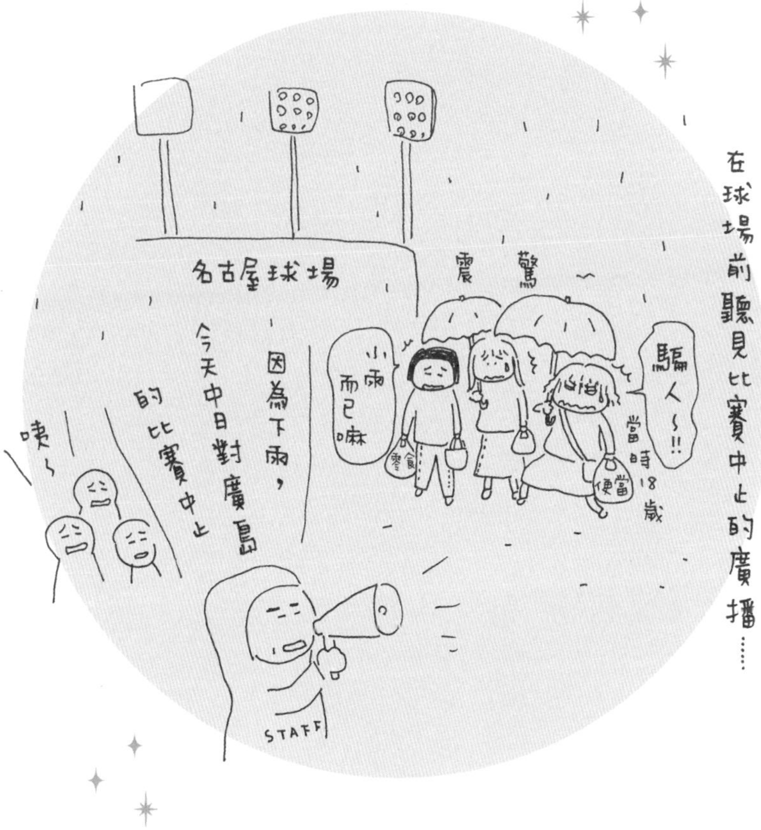
第一次去看夜間球賽，
在球場前聽見比賽中止的廣播……
名古屋球場
震驚～
騙人～!!
當時18歲
便當
小雨而已嘛
零食
因為下雨，
今天中日對廣島
的比賽中止
咦～
STAFF

第一次去投票時，
根本不曉得該投給誰……
偷瞄
……
父
當時20歲
結果偷看一起來的老爸的投票單……

Chapter 8

第一次的開車兜風

1993年
19歲

我一滿18歲，立刻考取駕照，但後來的一年半都沒有開車……
呵呵呵……
完全變成掛牌司機的19歲短大生
當時燙了頭髮
就在某一天，我家買了新車，於是決定借來練習開開看。
新車
亮晶晶
亮晶晶
好緊張喲……
啊啊……
怦怦
怦怦
喀嚓
轟隆隆……
轟隆隆……
因為怕遇上塞車，特別起了個大早，6點出發。
啾
啾
緊張
緊張
緊張
沒問題……看來感覺都還在嘛……
喔喔……真的有在動哩……
緩慢
緩慢

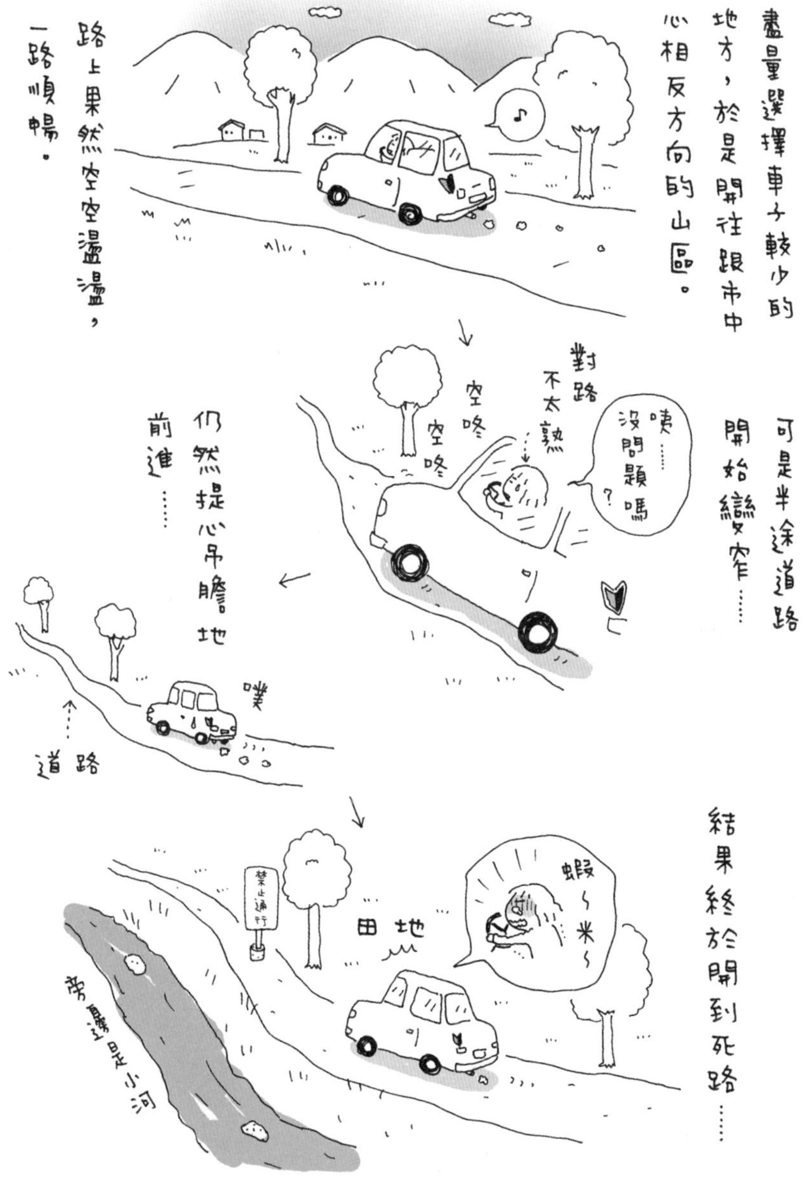
盡量選擇車子較少的地方，於是開往跟市中心相反方向的山區。
路上果然空空盪盪，一路順暢。
可是半途道路開始變窄……
對路不太熟
咦……沒問題嗎？
空咚空咚
仍然提心吊膽地前進……
噗
道路
結果終於開到死路……
蝦～米～
田地
禁止通行
旁邊是小河

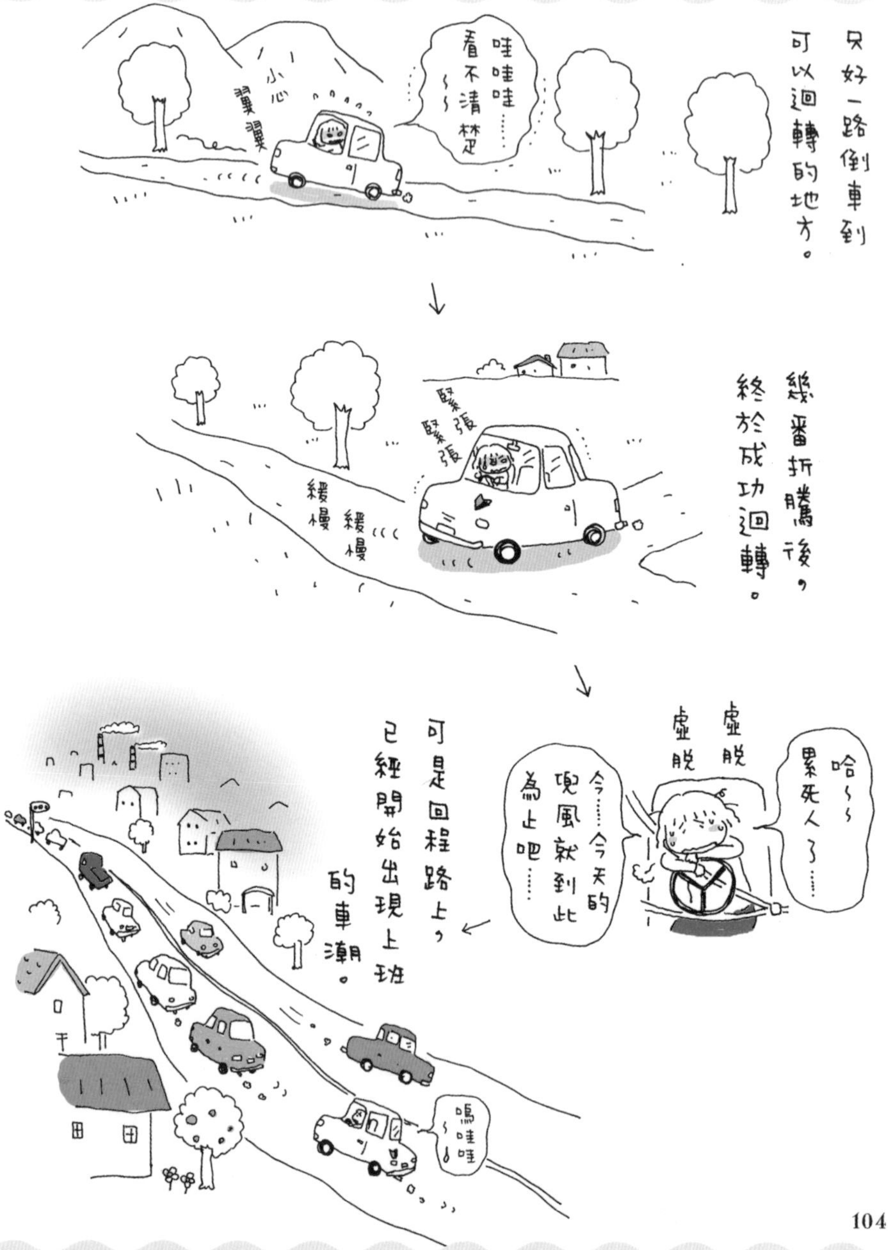
只好一路倒車到可以迴轉的地方。
哇哇哇……看不清楚~~
小心翼翼
幾番折騰後，終於成功迴轉。
緊張緊張
緩慢緩慢
虛脫虛脫
哈~~累死人了……
今……今天的兜風就到此為止吧……
可是回程路上，已經開始出現上班的車潮。
嗚~哇哇

被擁擠的車陣嚇呆，
原本應該右轉的地方
竟然迷迷糊糊地錯過了。
啊!!完了 那裡應該要 右轉的
不熟悉路況
的我，陷入小小
的驚慌……
轉轉～～
啊哇哇哇…… 那裡沒有右轉 的話……
接下來要怎 麼走才好 ?!……
一邊思考該怎麼走，
一邊緩緩駕駛……
(不能超車的單線車道)
哇哩咧……
※前方則是 一片空曠
大～排～長～龍～
等我回過神來，
後面早已塞成一團。
驚慌
驚慌
怎麼辦 怎麼辦……
後面的人一定 在生氣吧……
後面的人
照後鏡
偷瞄
媽呀～～ 果然怒氣 沖沖的～

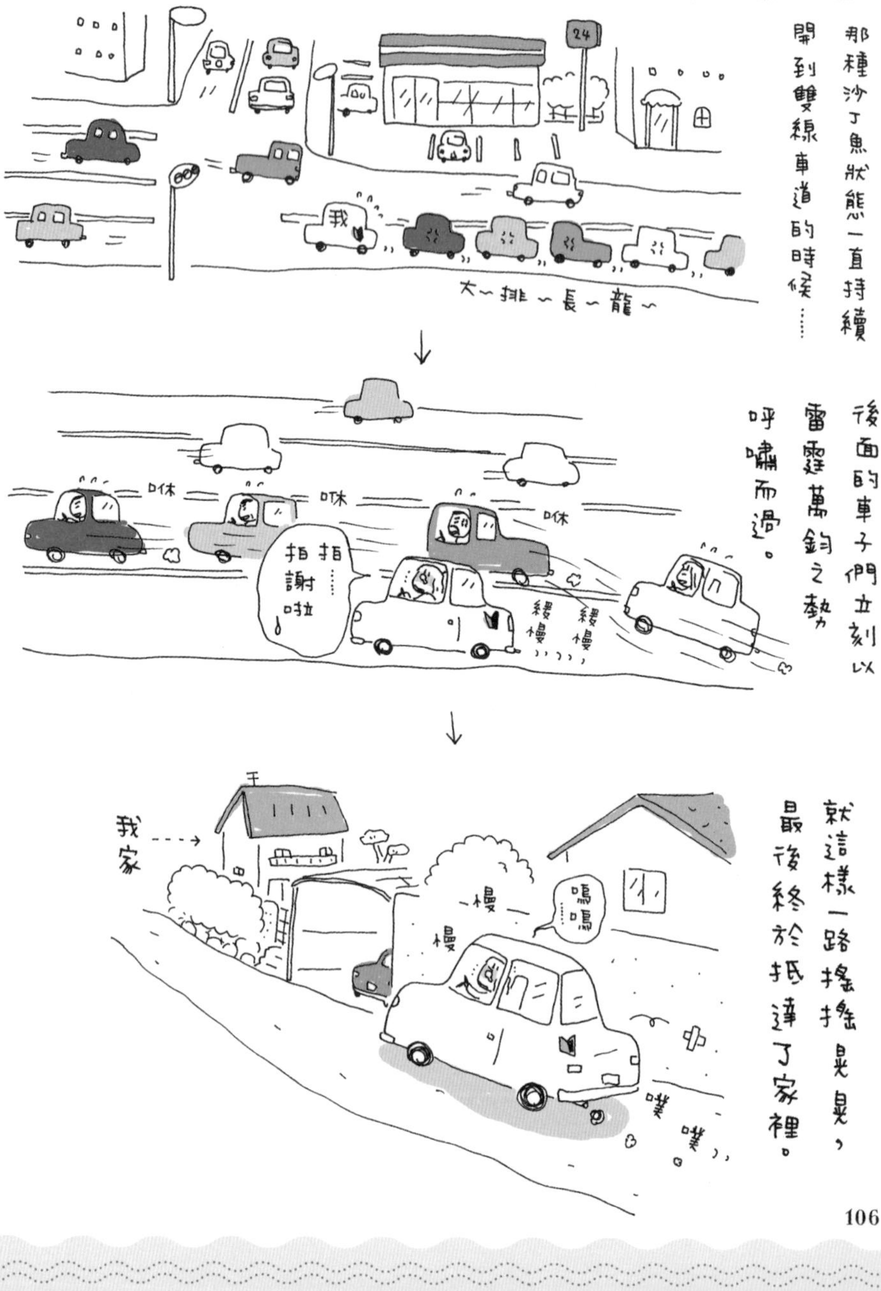
那種沙丁魚狀態一直持續
開到雙線車道的時候……
24
我
太～排～長～龍～
後面的車子們立刻以
雷霆萬鈞之勢
呼嘯而過。
咻
咻
咻
拍拍謝啦……
緩慢
緩慢
就這樣一路搖搖晃晃，
最後終於抵達了家裡。
我家
嗚嗚……
慢
慢
噗
噗

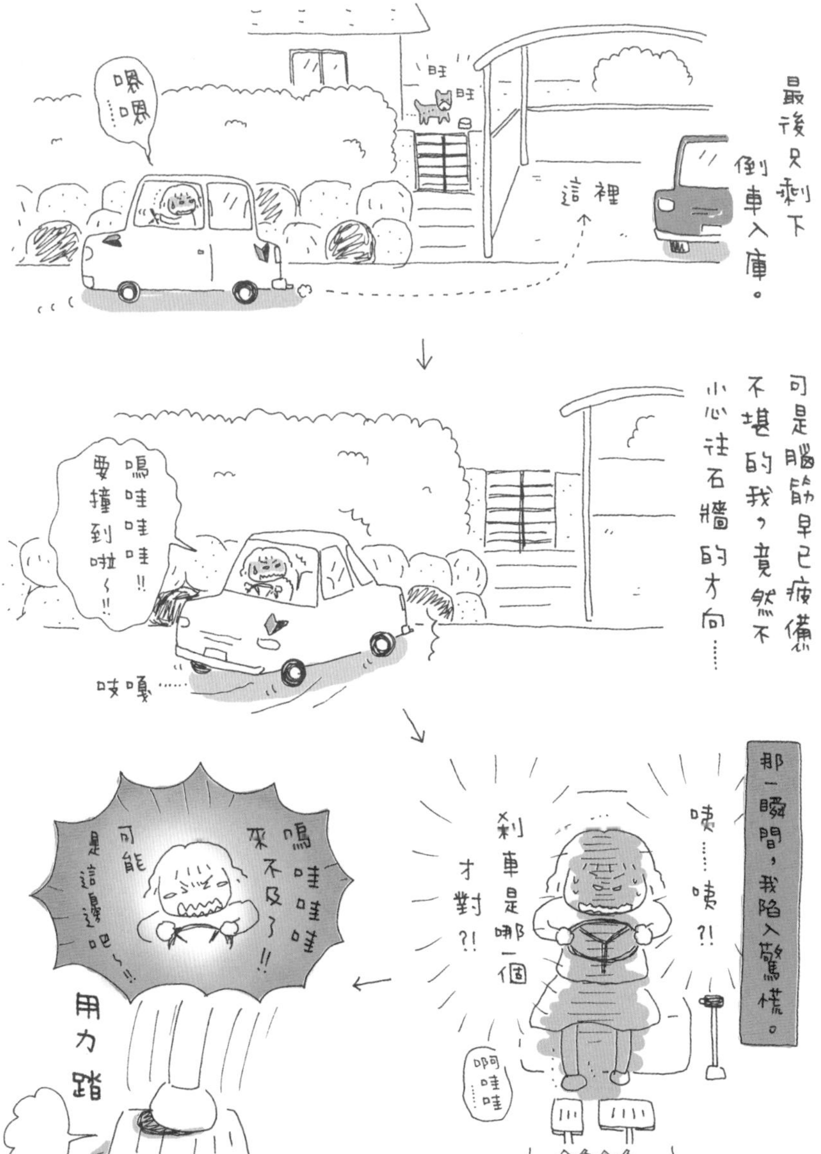
最後只剩下倒車入庫。
旺 旺
嗯嗯……
這裡
可是腦筋早已疲憊不堪的我，竟然不小心往石牆的方向……
嗚哇哇哇!! 要撞到啦～!!
吱嘎……
那一瞬間，我陷入驚慌。
咦……咦?!
剎車是哪一個才對?!
啊哇哇……
鏘鏘ー
嗚哇哇哇 來不及了!!
可能是這邊吧～!!
用力踩

車子總算在撞上石牆前停止。
好……好家在……
我的精神狀態這時已達崩潰邊緣。
空
空
人……人家不玩了……
踩
於是將車子扔在奇怪的地方，一路逃回家中。
嗚哇哇哇
媽媽……求求妳……幫我倒車入庫……
啜泣
啜泣
嗚哇！怎麼會停在這種地方?!
最後請老媽幫我倒車，結束了我第一次的開車兜風……
結束

後來的開車兜風

後來我也偶爾會開車……
總是很緊張
砰
砰
噗噗～～
不過基本上，我不太喜歡開車。
還是坐在副駕駛座比較輕鬆哪……我這麼認為。
呼乾啦～
喝酒也沒關係呢♥
呵呵
……
轟隆隆隆隆……
朋友
4649
BEER
駕照一直是零事故 零違規
高木直子
駕駛執照
優良
金牌駕駛
嗯～幾乎都沒有在開啦……

第一次參加喪禮，
因為年紀太小，什麼都不懂。
為什麼爺爺在睡覺覺~？
為什麼要放小花花~？
為什麼大家都在哭呀~？
嗚嗚……
4歲
快3歲
妹妹也是一頭霧水

Chapter 9

第一次的超級英雄

1976年
2歲

儘管是很模糊的片段記憶，不過我確實記得的最早記憶，是在2歲8個月的某個冬天……

第一次看見超級英雄的那一天……

那一天是附近信用金庫開幕的日子……

開幕誌慶
開幕誌慶
開幕
開幕

○○信用金庫
開幕紀念!!
祕密戰隊
五勇士表演秀
五勇士
親臨會場!!
12月1日(三)
11:00開始
紀念
照相會
營業時間
上午10點至下午5點

為了慶祝開幕，邀請當時超人氣的五勇士來到現場。

於是，老爸老媽也帶著我跟妹妹一起去參加。

噗
噗

↓

信用金庫前面擠滿了想要看一眼五勇士的人潮。

○○信用金庫
嘩
嘩
嘩
嘩
開
開幕

↓

現在就請正義的代表五勇士登場!!請大家以熱烈的掌聲歡迎五勇士!!
司儀
哇
哇
哇

從這個五勇士登場的
場面開始……
鏘鏘鏘~
啪
喔~
哇~
我的記憶就此展開。
以前也在電視上看過
五勇士好幾次，
但是在現場親眼目
睹的五勇士……
雖然說是五勇士，
但只來了
紅勇士跟綠勇士……。
閃亮
滑溜
色彩鮮豔，閃閃發亮，
簡直不像是這個世界上
的生物……
當時的我感到
極度震撼……
怎麼了
直子……？
老爸的腳
抖
抖
啊哇哇……
覺得那是非常、非常、
非常可怕的東西。

而且那天的主要活動是「跟五勇士一起合照」。
接下來，想要給五勇士抱抱的小朋友請來這裡排隊～
哇～
耶～
哇～
咚咚咚
來吧，兩個人都去排好。
我幫妳們拍♪
!!
我們去吧～
我當然激烈地抵抗……
乖…乖啦
不要不要～～好可怕啦!!
怎麼了？一點都不可怕呀～
哇～
啪嗒啪嗒
啪嗒啪嗒
哇～

不喜歡抱抱 握握手也可以呀～
不……不要!!
啊……哇哇
推
絕對不要～!!
嗚哇哇～～
人家要回家～
真拿妳沒辦法……
那……就姊姊一個人去吧……
當時的我不明白大家為什麼想跟那麼可怕的人抱抱，覺得非常不可思議。
開幕
抖
抖
姊姊不怕嗎……?

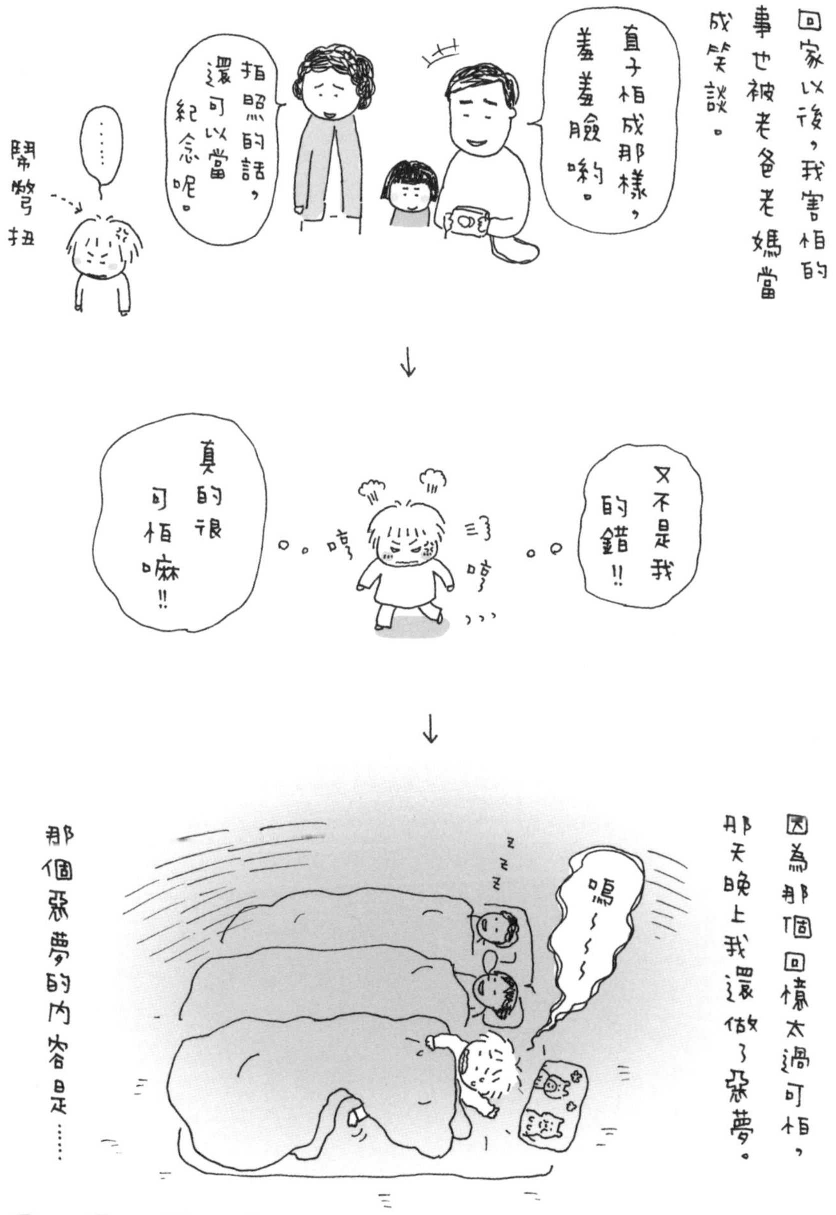
回家以後，我害怕的事也被老爸老媽當成笑談。
直子怕成那樣，羞羞臉喲。
拍照的話，還可以當紀念呢。
……
鬧彆扭
又不是我的錯!!
真的很可怕嘛!!
哼
哼
因為那個回憶太過可怕，那天晚上我還做了惡夢。
嗚～～～
Z Z Z
那個惡夢的內容是……

全家坐在車子上時……
噗~~
前面有一輛巴士……
噗~~
五勇士從巴士後車窗
目~不~轉~睛地盯著
我們的恐怖惡夢……
其他顏色也在
巴士
五……005
哇咧~

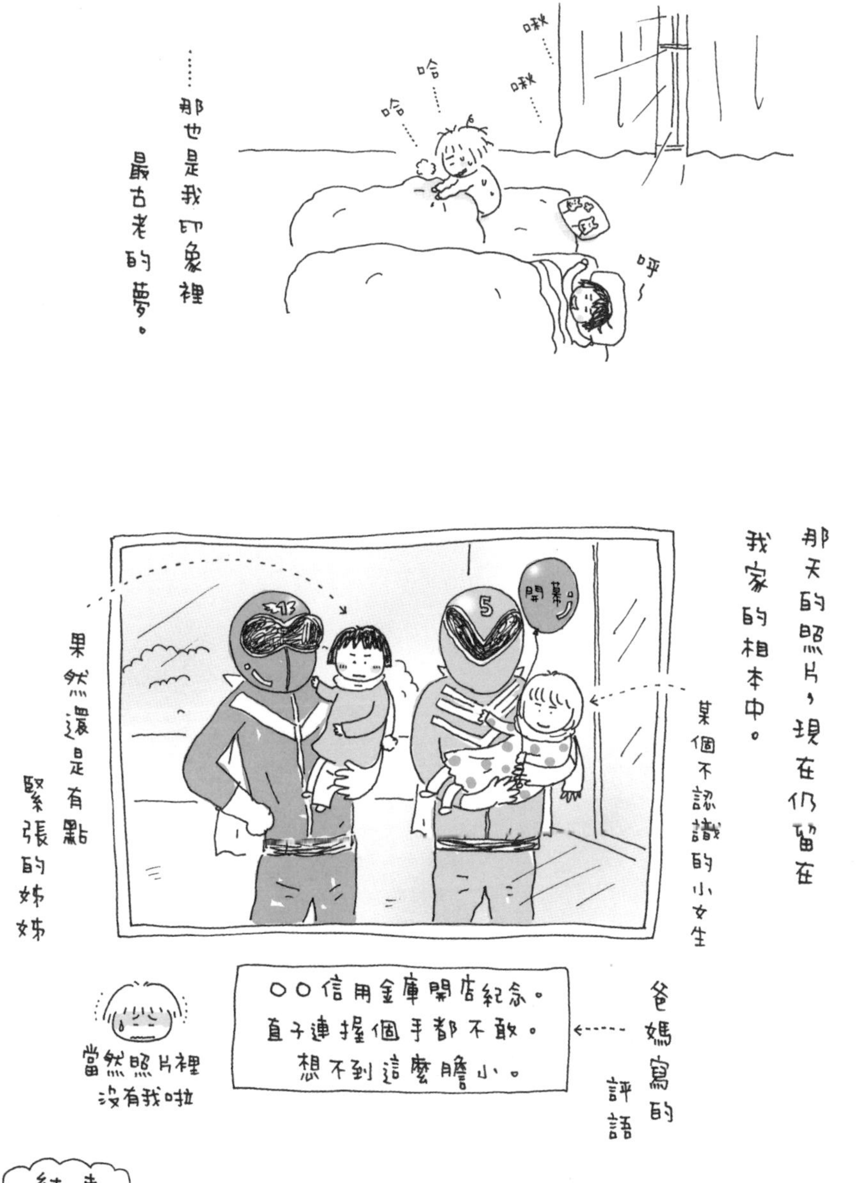
……那也是我印象裡最古老的夢。
哈……
哈……
啾……
啾……
呼~
那天的照片，現在仍留在我家的相本中。
某個不認識的小女生
開幕
果然還是有點緊張的姊姊
○○信用金庫開店紀念。
直子連握個手都不敢。
想不到這麼膽小。
爸媽寫的評語
當然照片裡沒有我啦
結束

後來的超級英雄

可能是當年五勇士造成的
心靈創傷，
後來我連人偶都很害怕。
遊樂園
妳看~兔子小姐跟松鼠先生喔~
怕怕~
成年以後的現在，
對人偶類還是很棘手……
哇~熊先生~
搖晃
搖晃
好可愛~♡
巨大
面無表情
動作可疑
迅速離去

Chapter 10

第一次的居酒屋

1990年
16歲

相互斟酒……
歡聲笑語……
投緣良友……
酒吧裡
有人情……
有哀愁……
對於那種居酒屋，
高中2年級的我
嚮往不已……
真好耶～
居酒屋……
乾杯
今天要
不醉不歸
連續劇
真想喝喝看
檸檬沙瓦呢
……
升上高中以後，周圍
也開始偶爾出現
「居酒屋出道」的人……
喲～下次一起
去喝酒嘛～
喔～好呀
高中生竟然
喝酒……
不良少年!!
討厭
討厭
……乖乖牌的我當時
是這麼想的。

當時的某一天……
喂~~這次園遊會結束後，我們幾個同學想一起去慶功~
慶功宴
預定先打保齡球，然後去喝酒，妳們要參加嗎？
咦
朋友
有同學向我邀約。
怎……怎麼辦？喝酒的話，就是去居酒屋吧……
小聲
小聲
小聲
被學校捉到就死定了……說不定還會被退學……
（乖乖牌的兩人）
幾經考慮之後……
我們兩個不去了~
而且還要上社團~
是喔~
文化祭
LIVE
……就拒絕了對方。

然而，我們沒參加的那場慶功宴，
聽說大家玩得很開心……

因為沒去，想像圖

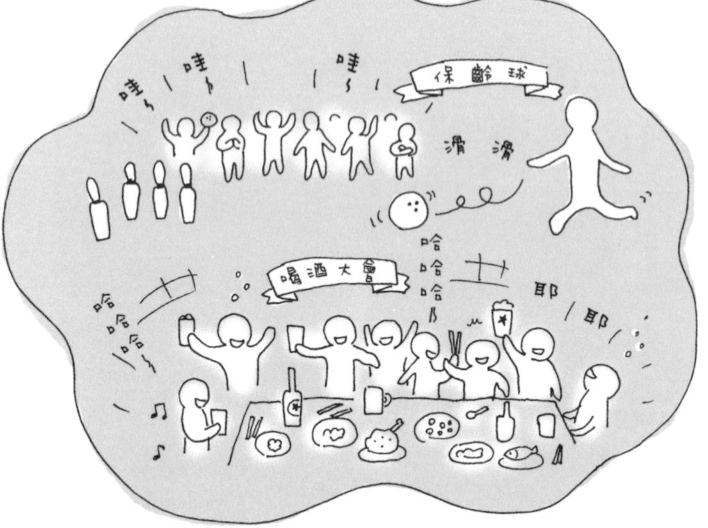

對於沒去參加一事，
不禁有點兒後悔。

過了一陣子，某天的社團活動……
喂～要不要下次社員一起去喝酒？
哇～好呀好呀♪
那位朋友跟我同社團
喔喔
又有人提議去喝酒。
太……太好了!!這次咱們也參加看看吧!!
用力
是……是呀走吧!!
如此這般，我跟朋友也終於決定踏入大人的世界。
話雖如此，內心仍舊充滿了罪惡感與恐懼心……
我的內心
啊哇哇……這樣真的好嗎～～!!
居酒屋
大人的樓梯
但終究無法阻攔想去居酒屋的心情……

我是不太會對父母
隱瞞事情的類型，
立刻就向老媽報告。
那個呀，我們社團說要一起去居酒屋～
嘿嘿嘿～
我可以去嗎？
※不過沒有跟老爸講……
呵呵呵～妳也終於到了有人約喝酒的年紀啦～
沒關係，妳就去吧～零用錢夠用嗎？
……
老媽不知為何好像有點開心……？
穿得太孩子氣也不好，
就借了老媽上班的套裝。
嗯～看起來像大人嗎……？
裙子太長，所以折起來
喔～～
媽媽的套裝給年輕人一穿，整個感覺都不同了呢～

然後終於到了去喝酒的當天……
車站
嗨
這裡這裡
（在車站前集合）
因為很少跟朋友約在晚上見面，心情非常興奮……
為了讓自己顯得「成熟」，我跟朋友都穿得很詭異……
大家都來了嗎？
BIG
男生也有點奇怪……
哈哈……
竭盡全力的髮型跟化妝
哈哈哈……
居酒屋 咕嚕咕嚕
就是這間喔～
緊張
緊張
哇～～
慢慢
慢慢
酒

第一次進入的居酒屋，
燈光昏暗，人聲鼎沸，
飄散著酒精和香菸
那種大人的味道……
請到這一桌～
哈哈哈
哇哈哈
歡迎光臨～
緊張緊張
而且店裡都是
沒看過的東西。
推薦菜色
烤鱈魚鰭
味噌醃魚
涼拌章魚
涼拌黃瓜
海參。
是什麼呀……
都是沒見過
的料理……
東張
西望
連飲料也看
不太懂……
雞尾酒
螺絲起子
鹹狗
莫斯科騾子
琴湯尼
醋栗橙酒
金巴利蘇打
禁果
一頭霧水
而且也不太清楚流程……
為您
上菜了
啊，那是什麼？
是誰點的呀～？
那個……
是附贈的
小菜……
菜單
歡迎光臨
咚

連續劇裡看到的
夢幻菜單
馬鈴薯燉肉跟炸豆腐
那個~那個~
毛豆
白蘿蔔沙拉跟炸軟骨
大家隨便點吧~
菜單
乾~杯~
啊啊~好成熟的感覺喲~~!!
緊張
緊張
緊張
大家一起來乾杯~!!
EAST BOY
我以前幾乎沒有喝過酒……
咕嚕……
BEER
噢……搞不好我很能喝……?
食物也很好吃呢
好幸福~
大口
大口
在居酒屋的歡樂氣氛下，
完全進入忘我的境界……
佳餚滿桌

等……等等，妳會不會喝太多了？
那是第幾杯啦?!
安啦安啦～
咕嚕咕嚕
沒有飲料就難以進食的體質
平常吃飯時，也得猛灌熱茶
咕嚕咕嚕
咕嚕～
咕嚕
啊，對了對了，我也好想喝檸檬沙瓦
對不起 來一杯檸檬沙瓦
喂……
好
嗯～～檸檬沙瓦也好好喝喲～♡
搖晃
咦……？眼睛好像有點花了
是錯覺嗎？
總……總覺得，忽然聽不懂大夥在說什麼了……
不過，居酒屋真是太棒了～～
茫～茫～然～
……之後，我的記憶一片模糊……

等我回過神來，聚會已經結束，帳也結了，大家都在店外。
居酒屋 咕嚕咕嚕
謝謝光臨~
沒事吧？
咦~？已經結束了？
振作點!!
搖晃 搖晃
怎麼辦……回得去嗎？
哈哈哈
搖晃
莓~問~笛~我叫老媽來接我~
啊~~老媽 那個那個呀 那個呀~
唉呦……
我喝……喝……喝醉了咩~~妳來接我唄~~
搖晃
搖晃
TEL
結果，老媽開車來載我，總算平安回家。
心灰意冷
嘿嘿嘿
真是的！搞什麼……
噗~~

到家以後，醉意更濃，整個人癱軟在地。

↓

然後第二天，是第一次的宿醉……

↓

接著第三天到學校，朋友紛紛向我抱怨……

對於自己差勁的酒品感到非常震驚……

結束

後來的居酒屋

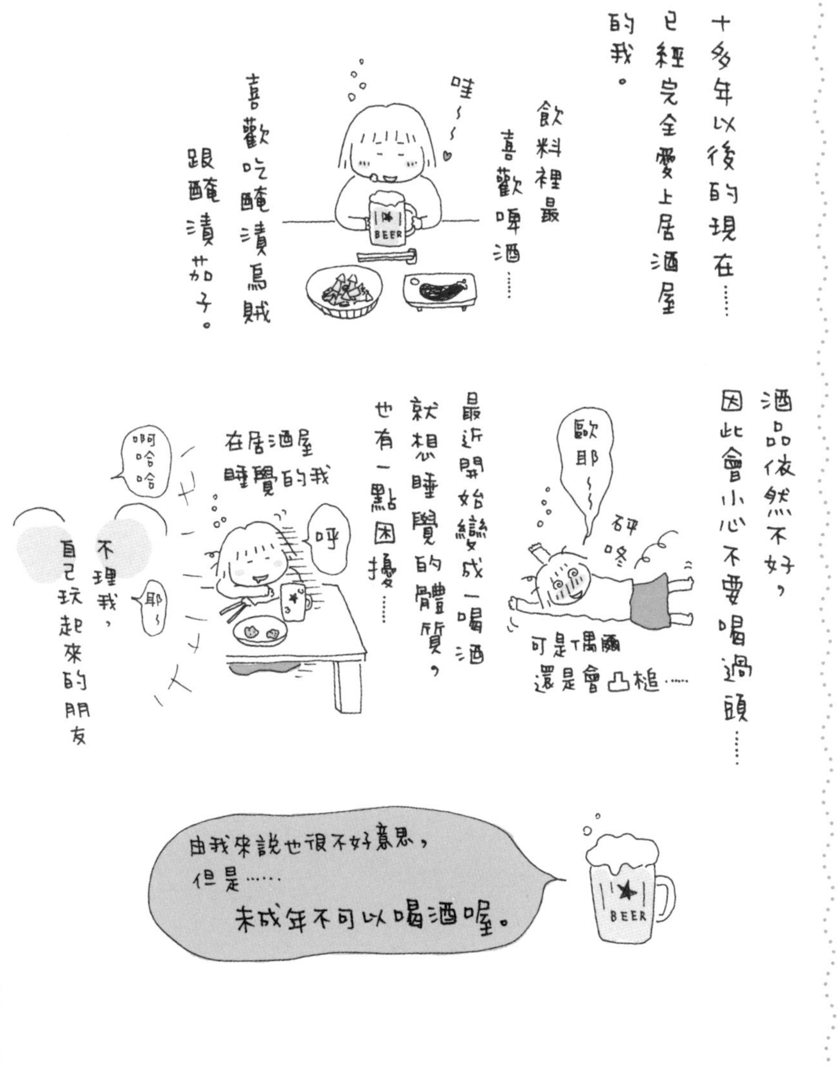
十多年以後的現在……
已經完全愛上居酒屋
的我。
飲料裡最
喜歡啤酒……
哇~~♥
BEER
喜歡吃醃漬烏賊
跟醃漬茄子。
酒品依然不好，
因此會小心不要喝過頭……
歐耶~~
砰咚
可是偶爾
還是會凸槌……
最近開始變成一喝酒
就想睡覺的體質，
也有一點困擾……
在居酒屋
睡覺的我
呼
啊哈哈
耶~
不理我，
自己玩起來的朋友
由我來說也很不好意思，
但是……
未成年不可以喝酒喔。
BEER

第一次坐飛機，起飛時拚命禱告。

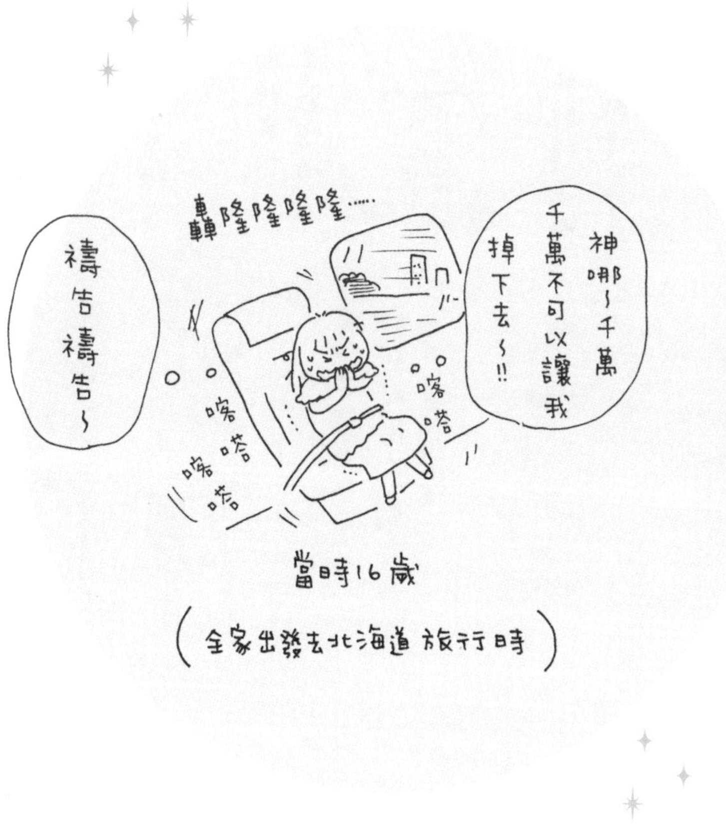

後記

任何事情的第一次，不是有些興奮過頭，
就是太驚慌而失敗……我想這種情況應該很多。
不過因為是第一次，也有許多好玩的地方。
第一次跟某人見面，緊張歸緊張，也會期待對方是什麼樣的人。
第一次在某小鎮散步，即使可能會迷路，
但散步時也可以期待看見新鮮的東西，內心雀躍不已。
正因為不太熟悉，才有許多不安與期待!!……我是這麼認為喲。

第一次那種忐忑不安的心情，
一旦習慣後，就很容易忘記；
但是看著昔日的第一次漸漸成為日常生活的一部分，

那又是另一種不同的趣味呢。

小時候真的有好多那種「一個人的第一次」，
不過就算長大了，「第一次」這種事情，
我想應該還是有很多吧。
就算變成了垂垂老矣的老太婆，只要遇上第一次的事情，
還是會感到有一點兒小鹿亂撞吧……

希望各位讀者跟我，今後都能擁有許多快樂的「第一次」喲。

2005年4月　高木直子

第一次買手機後，
首先自己打給自己。
當時27歲
比周圍朋友更晚
的「手機出道」
喔喔喔，
響了呢!!
嘟嚕嚕嚕……
嘟嚕嚕嚕……
鈴鈴鈴鈴……
鈴鈴鈴鈴……

未來想要做的第一次
真的好吃嗎……
咕咕
第一次吃鱉料理
第一次養貓咪
喔喔~
第一次看極光
第一次去夏威夷
第一次上太空
嘻嘻嘻……

2022 年 5 月
高木直子最新作品！

媽媽的每一天：
高木直子陪你一起慢慢長大

不想錯過女兒的任何一個階段，我們整天都在一起……
一起學習，泡澡時唸浴室的大海報あいうえお；
一起散步，紅燈靠邊停，綠燈直直走，一起看路上的小花小草；
二十四小時，整年無休，每天陪她，做她「喜歡」的事……

小米自創歌曲，馬拉松式獨唱會，我的應援很重要；
小米牙牙學語，我的翻譯很重要，但也不能太明顯：
購物遊戲一玩再玩，永遠玩不膩；
竹簾＋塑膠游泳池，首創家中度假區成功！哄小米入睡，自己竟然先睡著；
直子美髮部開張，第一位實驗客人就是小米小朋友……

媽媽的每一天，充滿矛盾的心情，
看她什麼都想幫忙好感動，雖然有時越幫越忙；
看她走向幼稚園的新天地，我竟流下眼淚；
媽媽的每一天，教我回味小時候，教我珍惜每一天的驚濤駭浪，
有一天她叫我看天上的月亮，她的小小世界和我的現實，
甜甜蜜蜜連結在一起，是最棒的禮物。

慶祝熱銷！
高木直子限量筆記贈品版

一個人住第5年（台灣限定版封面）
洪俞君◎翻譯

一個人住第9年　洪俞君◎翻譯

150cm Life 2　常純敏◎翻譯

150cm Life 3　陳怡君◎翻譯

高木直子周邊產品
禮物書

Run Run Run

我的30分媽媽2　陳怡君◎翻譯

再來一碗：
高木直子全家吃飽飽萬歲！

一個人想吃什麼就吃什麼！兩個人一起吃，意外驚喜特別多！現在三個人了，簡直無法想像的手忙腳亂！
今天想一起吃什麼呢？

媽媽的每一天：
高木直子手忙腳亂日記

有了孩子之後，生活變得截然不同，過去一個人生活很難想像現在的自己，但現在的自己卻非常享受當媽媽的每一天。

已經不是一個人：
高木直子40 脫單故事

一個人可以哈哈大笑，現在兩個人一起為一些無聊小事笑得更幸福；一個人閒散地喝酒，現在聽到女兒的飽嗝聲就好滿足。

150cm Life
（台灣出版16週年全新封面版）

150公分給你歡笑，給你淚水。不能改變身高的人生，也能夠洋溢絕妙的幸福感。送給現在150公分和曾經150公分的你。

150cm Life ②

我的身高依舊，沒有變高也沒有變矮，天天過著150cm的生活！不能改變身高，就改變心情吧！150cm最新笑點直擊，讓你變得超「高」興！

150cm Life ③

最高、最波霸的人，都在想什麼呢？一樣開心，卻有不一樣的視野！
在最後一集將與大家分享，這趟簡直就像格列佛遊記的荷蘭修業之旅～

一個人住第5年
（台灣限定版封面）

送給一個人住與曾經一個人住的你！
一個人的生活輕鬆也寂寞，卻又難割捨。有點自由隨性卻又有點苦惱，這就是一個人住的生活！

一個人住第9年

第9年的每一天，都可以說是稱心如意……！終於從小套房搬到兩房公寓了，終於想吃想睡、想洗澡看電視，都可以隨心所欲了！

生活系列

一個人住第幾年？

上東京已邁入第18個年頭，搬到現在的房子也已經第10年，但一個人住久了，有時會懷疑到底還要一個人住多久？

一個人上東京

一個人離開老家到大城市闖蕩，面對不習慣的都市生活，辛苦的事情比開心的事情多，卯足精神求生存，一邊擦乾淚水，一邊勇敢向前走！

一個人漂泊的日子①

離開老家上東京打拚，卻四處碰壁。大哭一場後，還是和家鄉老母說自己過的很好。
送給曾經漂泊或正在漂泊的你，現在的漂泊，是為了離夢想更進一步！

一個人漂泊的日子②

一個人漂泊的日子，很容易陷入低潮，最後懷疑自己的夢想。
但當一切都是未知數，也千萬不能放棄自己最初的信念！

一個人好想吃：高木直子念念不忘，吃飽萬歲！

三不五時就想吃無營養高熱量的食物，偶爾也喜歡喝酒、B級美食……
一個人好想吃，吃出回憶，吃出人情味，吃出大滿足！

一個人做飯好好吃

自己做的飯菜其實比外食更有滋味！一個人吃可以隨興隨意，真要做給別人吃就慌了手腳，不只要練習喝咖啡，還需要練習兩個人的生活！

生活系列

一個人搞東搞西：
高木直子閒不下來手作書

花時間，花精神，花小錢，竟搞東搞西手作上癮了；雖然不完美，也不是所謂的名品，卻有獨一無二的珍惜感！

一個人好孝順：
高木直子帶著爸媽去旅行

這次帶著爸媽去旅行，卻讓我重溫了兒時的點滴，也有了和爸媽旅行的故事，世界上有什麼比這個更珍貴呢……

一個人的第一次

每個人都有第一次，每天都有第一次，送給正在發生第一次與回憶第一次的你，希望今後都能擁有許多快樂的「第一次」！

一個人的狗回憶：
高木直子到處尋犬記

泡泡是高木直子的真命天狗！16年的成長歲月都有牠陪伴。「謝謝你，泡泡！」喜歡四處奔跑的你，和我們在一起，幸福嗎？……

我的30分媽媽

最喜歡我的30分媽咪，雖然稱不上「賢妻良母」啦，可是迷糊又可愛的她，把我們家三姊弟，健健康康拉拔長大……

我的30分媽媽②

溫馨趣味家庭物語，再度登場！特別收錄高木爸爸珍藏已久的「育兒日記」，揭開更多高木直子的童年小秘密！

馬拉松＆旅遊系列

一個人邊跑邊吃：
高木直子呷飽飽馬拉松之旅

跑步生涯堂堂邁入第4年，當初只是「也來跑跑看」的隨意心態，沒想到天生體質竟然非常適合長跑，於是開始在日本各地跑透透……

一個人出國到處跑：
高木直子的海外歡樂馬拉松

第一次邊跑邊喝紅酒，是在梅鐸紅酒馬拉松；第一次邊跑邊看沐浴朝霞的海邊，是在關島馬拉松；第一次參加台北馬拉松，下起超大雨！

馬拉松&旅遊系列

一個人去跑步：馬拉松1年級生

天天一個人在家工作，還是要多多運動流汗才行！
有一天看見轉播東京馬拉松，一時興起，我也要來跑跑看……

一個人去跑步：馬拉松2年級生

這一次，突然明白，不是想贏過別人，也不是要創造紀錄，而是想挑戰自己，「我」，就是想要繼續快樂地跑下去……

一個人吃太飽：高木直子的美味地圖

只要能夠品嚐美食，好像一切的煩惱不痛快都可以忘光光！
只要跟朋友、家人在一起，最簡單的料理都變得好有味道，回憶滿滿！

一個人和麻吉吃到飽：高木直子的美味關係

熱愛美食，更愛和麻吉到處吃吃喝喝的我，這次特別前進台灣。一路上的美景和新鮮事，更讓我願意不停走下去、吃下去啊……

一個人暖呼呼：高木直子的鐵道溫泉秘境

旅行的時間都是我的，自由自在體驗各地美景美食吧！
跟著我一起搭上火車，遨遊一段段溫泉小旅行，啊～身心都被療癒了～

一個人到處瘋慶典：高木直子日本祭典萬萬歲

走在日本街道上，偶爾會碰到祭典活動，咚咚咚好熱鬧！原來幾乎每個禮拜都有祭典活動。和日常不一樣的氣氛，讓人不小心就上癮了！

一個人去旅行：1 年級生

一個人去旅行，好玩嗎？一個人去旅行，能學到什麼呢？不用想那麼多，愛去哪兒就去哪吧！
試試看，一個人去旅行！

一個人去旅行：2 年級生

一個人去旅行的我，不只驚險還充滿刺激，每段行程都發生了許多意想不到的插曲……這次為你推出一個人去旅行，五種驚豔行程！！

【新書內容試閱】

炸蝦人，大家都叫我阿蝦，視畫畫為終身天職

到了巴黎，語言不通、被房東欺負，說好的「蝦黛莉赫本」優雅人生呢？！

TITAN 145

一個人的第一次

高木直子◎圖文
常純敏◎譯
張珮萁◎手寫字

填寫回函雙層贈禮
①立即購書優惠券
②抽獎小禮物

一個人的第一次 / 高木直子著；常純敏譯.
二版. -- 臺北市 ： 大田出版有限公司， 民 111.05
面 ； 公分.-- （ Titan ； 145 ）
ISBN 978-986-179-726-7（平裝）
861.67 111002140

出版者：大田出版有限公司
台北市10445中山區中山北路二段26巷2號2樓
E-mail：titan@morningstar.com.tw
http：//www.titan3.com.tw
編輯部專線（02）25621383
傳真（02）25818761
【如果您對本書或本出版公司有任何意見，歡迎來電】
法律顧問：陳思成

總編輯：莊培園
副總編輯：蔡鳳儀
行政編輯：鄭鈺澐
視覺構成：BETWEEN 視覺美術
校對：陳佩伶／余素維／常純敏
初版：二〇〇六年（民195年）六月三十日
二版初刷：二〇二二年（民111年）五月一日
定價：280元

購書E-mail：service@morningstar.com.tw
網路書店 http://www.morningstar.com.tw（晨星網路書店）
TEL：04-23595819 # 212 FAX：04-23595493
郵政劃撥：15060393（知己圖書股份有限公司）
印刷：上好印刷股份有限公司

國際書碼：978-986-179-726-7 CIP：861.67/111002140